Eisenwald

Der Beginn

Ralf Weißkamp

Eisenwald

Ralf Weißkamp

Ein Iserlohn-Krimi

Impressum

Bibliografische Information der Deutschen Nationalbibliothek:
Die Deutsche Nationalbibliothek verzeichnet diese Publikation in der Deutschen Nationalbibliografie; detaillierte bibliografische Daten sind im Internet über http://dnb.dnb.de abrufbar.

Lektorat: Lenne-Agentur

Fotos und Copyright: Ralf Weißkamp

Herstellung und Verlag: BoD – Books on Demand, Norderstedt

ISBN: 978-3-7568-2813-5

1

Hier ist der Ort. Die ideale Stelle. Er nickte langsam, lächelte, während er mit seinem schwarzen Lederstiefel das Laub zur Seite schob. Mit der Hacke wühlte er im Boden. Nicht zu fest, nicht zu weich, das hatte er gesucht. Er sah auf die Straße hinunter, die ins Grüner Tal führte. Hinter ihm der Weg, der weiter, leicht ansteigend, in den Wald hinaufging, beides knappe dreißig Meter entfernt. Hier würde er ihn treffen. Hier, in dieser Senke, würde er seine letzte Ruhe finden.

„Der Wildwuchs in unseren Kleingartenlagen wird immer schlimmer", ereiferte sich gestenreich der Mann von der radikal-konservativen Partei. „Gartenlauben, die aussehen, als würden sie gleich zusammenbrechen. Kindergeschrei den ganzen Tag und in jedem zweiten Garten ungemähter Rasen, so sieht das aus, Herr Bürgermeister."

„Der sucht doch wieder nur eine Möglichkeit, unseren ausländischen Freunden eine reinzuwürgen, dem ist doch jedes Mittel recht", raunte ihm sein Nachbar, der Mitarbeiter des Anzeigenblattes zu. Thomas sah von seinem Platz im Ratssaal, wie der Mann von der Rechtspartei mit rotem Gesicht nach Luft japste, was ihm sein dicker Bauch nicht leichter machte. Langsam und mit offenem Mund setzte er sich hin, während sich der Referent des Bürgermeisters erhob und den Ratsvertreter mitleidig ansah.

„Der Bürgermeister ist nicht der richtige Ansprechpartner für Sie, das müssen Sie mit dem zuständigen Ausschuss klären. Im Übrigen ist die Ansammlung von Grundstücken, die Sie bemängeln, keine Kleingartenanlage. Das ist Grabeland und das fällt nicht unter das Bundeskleingartengesetz. Falls Sie sich vor dieser Sitzung nur ansatzweise kundig gemacht hätten, wäre Ihnen dieser Auftritt erspart geblieben."

Mit dem Gelächter der anderen Ratsvertreter setzte der Referent sich wieder und schüttelte den Kopf. Thomas grinste kurz, diese Belehrung würde den Einstieg für seinen Bericht über die Sitzung des Stadtrates bilden, die lebhafteste Szene des Nachmittages. Leise ging er hinaus, verließ das alte Rathaus und ging durch die Fußgängerzone zur Redaktion des Stadtanzeigers. Die Gelegenheiten, eine Ratssitzung zu besuchen, wurden immer seltener, zu wenig Leute in der Redaktion, zu viel Arbeit für Online und Print. *Online first* war die Vorgabe seines Chefs, den Kollegen vom Anzeigenblatt hatte er schon lange nicht mehr gesehen, bei denen wurden noch mehr Leute eingespart. Er öffnete die Tür zum Redaktionsraum, die meisten Kollegen saßen an ihren Plätzen, schrieben oder telefonierten. Er zog sein Jackett aus, hängte es über die Lehne seines Bürostuhls und holte seinen Computer aus dem Tiefschlaf. Jochen, der Redaktionsleiter steuerte auf ihn zu.

„Du hast nur hundert Zeilen, nicht wie in der Konferenz besprochen hundertfünfzig. Wir müssen noch Platz für eine Meldung freihalten."

„Mir würden auch siebzig reichen, war mal wieder nichts los, kaum Neuigkeiten", seufzte er.

„Hundert." Damit ging Jochen wieder zu seinem Büro. Thomas tippte die Zeilen in seinen Rechner und überarbeitete noch vier Pressemitteilungen, von denen er eine mit einem genuschelten *sollen die doch 'ne Anzeige aufgeben* löschte. Eine halbe Stunde früher als üblich verabschiedete er sich von seinen Kollegen. Er setzte sich in seinen blauen Skoda Octavia und fuhr heim, in die ruhige Wohngegend am Rande von Iserlohn-Sümmern. Unterwegs entschied er sich, einen Spaziergang im Wald zu machen, sich zu bewegen und den Tag zu verarbeiten. Er saß zu viel, wie viele Menschen. Sein Vorsatz, mehr zu gehen, war jeden Morgen gleich groß und verflüchtigte sich im Laufe des Tages.

Seinen Wagen parkte er in der Auffahrt vor der Garage. Den Grünstreifen zwischen Haus und Auffahrt hatte seine Frau gestern noch gepflegt. Bunte Blumen, deren Namen er nicht kannte, begrüßten ihn. *Ist es hier ruhig oder eintönig?*, fragte er sich wieder, als er sich umsah. Gediegene Einfamilienhäuser duckten sich hinter den Hecken, mit dem gleichen Zuschnitt und den gleichen Bewohnern. Seinen Nachbarn sah er nicht, was ihm recht war. Er hatte keine Lust auf ein belangloses Schwätzchen. Er tat ihm leid, gleichzeitig fragte er sich, ob eine chronische Krankheit in jedem Fall auch zur Verbitterung führte. Sein Nachbar hatte Schmerzen, seit Jahren, und das ließ er alle spüren. Durch seine Unfreundlichkeit, seinen Hass auf alles, was anders ist und vor allem auf Ausländer. Im Flur hängte er seine Jacke an die hölzerne Garderobe, wie jeden Abend. Ungewöhnlich war die Ruhe im Haus. Kein Hörbuch, das aus der Küche oder dem Wohnzimmer schallte und auch in der ersten Etage war es still. Auf dem Küchentisch fand er die Erklärung für die Ruhe. Seine Frau, Lisa, war zu einer Freundin gefahren, die sich mal wieder getrennt hatte. Von wem wusste er nicht mehr, nur, dass es dauern würde. Wie so oft, wenn sie zu einer ihrer wohltätigen Gruppen oder zu Gesprächen mit Freundinnen fuhr. Hanna war wahrscheinlich mit ihrer Clique unterwegs, auch sie kam gewöhnlich heim, wenn er schon schlief. Mit einem Satz: Er hatte frei. Mit einem feinen Lächeln auf den Lippen ging er ins Schlafzimmer. Dort wechselte er die Jeans gegen seine alte Freizeithose, die Lisa lieber gestern als heute im Müll gesehen hätte, und ging in die Küche. Vor dem Essen machte er sich einen kühlen Weißwein auf, goss sich ein Glas ein und ging auf die Terrasse. Er schob sich einen Hocker vor den Gartenstuhl, legte die Füße hoch und sah auf sein Handy. Wie üblich keine Nachricht von seiner Tochter. Hatte er seinen Eltern mit fünfzehn gesagt, wo er abends hinging? Bestimmt nicht immer. Oder er hatte gelogen. Zumindest musste er sie morgen zur Rede stellen, wenn sie erst nach Mitternacht auftauchen würde und nach Zigaretten stank. Es würde Vorwürfe hageln, was für ein schlechter Vater er war, während seine Frau sich still in der Ecke verdrückte. Morgen. Ob sie noch Jungfrau war? Übernachtet hatte im Haus noch kein Junge. Aber das musste nichts bedeuten. Sprechen würde sie darüber natürlich nicht. Jetzt genoss er den ruhigen lauen Abend auf der Terrasse, das Zwitschern der Vögel. Das Leben konnte ein langer ruhiger Fluss sein, wenn man allein war. Der kühle

Wein löste eine leichte Schwerelosigkeit in seinem Gehirn aus, der Tag mit seinem Stress verfloss in einem Nebel. Ruhe, nur Ruhe. Selbst der Hunger hatte sich verabschiedet oder war ihm egal. Er raffte sich auf, um sich in der Küche ein weiteres Glas einzuschenken. Am besten nahm er gleich die ganze Flasche mit. Überrascht hörte er einen Schlüssel in der Haustür. Lisa? Hanna? Er sah auf die Uhr, beste „Tagesschau"-Zeit. So früh? Das laute Poltern auf der Treppe verriet ihm, dass es Hanna war, die schniefend in ihr Zimmer stürmte. Weinte sie? Besorgt stellte er das Glas auf die Arbeitsplatte und ging ihr hinterher. Als er den Fuß auf die erste hölzerne Treppenstufe setzte, schlug die Tür oben krachend zu. Der Abend war gelaufen. Er lauschte, bevor er zaghaft anklopfte. „Hanna?" Er flüsterte ihren Namen, sie weinte, schluchzte. Langsam drückte er die Klinke herunter, abgeschlossen. „Hanna?", wiederholte er, lauter.

„Geh weg, lass mich in Ruhe", war die hysterische Antwort. Sinnlos. Er vermutete einen schweren Fall von Teenager-Liebeskummer, ganz klar ein Fall für Lisa. Mit dem Vorsatz, in einer halben Stunde wieder nach seiner leidenden Tochter zu sehen, ging er nach unten, um sich mit dem Wein abzulenken. Nachdenklich sah er in den gepflegten Garten, der Rasen frisch gemäht. Das war Lisas Reich, aus dem hielt er sich raus, das war eine unausgesprochene Grenze zwischen ihnen. Früher, als sie frisch verliebt waren und zusammenzogen, hatte sie sich aus Pflanzen nichts gemacht. Sie fing sogar an zu niesen, wenn er ihr Blumen mitbrachte, was selten passierte, damals. Erst mit dem Einzug in ihr Haus änderte sich das, erwachte ihre Liebe zum Garten. Etwa zwanzig Jahre war das her, als sie nach Iserlohn zogen, als er die Redakteursstelle beim *Stadtanzeiger* bekam. Seine und ihre Eltern hatten ihnen Geld gegeben, damit sie sich ein Haus leisten konnten. Keine Mietwohnung, das gehört sich so, hatte sein Schwiegervater gesagt. Es hatte sich ohnehin vieles verändert in diesen Jahren. Schleichend, nicht spektakulär. War es nur durch das Älterwerden zu erklären? Oder hatte sich sein Leben, ihr Leben am Alltag abgeschliffen? *Ich sitze auf der Terrasse und trinke Wein, während sich meine Tochter sich die Augen ausheult,* dachte er. Und stellte fest, dass es ihm gleichgültig war.

2

„Scheint nicht so, als hätten wir heute noch Jagdglück", flüsterte Werner Merzen seinem Sohn zu. „Es ist schon bald sieben." Dabei schaute er auf die kleine Lichtung vor dem Hochsitz. Im sanften Morgenlicht wehte das helle Gras, die Luft war kühl und voller Gerüche des Waldes. Nichts regte sich, kein Rehwild, kein Wildschwein ließ sich blicken, als hätte es geahnt, dass es sonst ein schlechter Morgen für es sein würde.

„Hast recht, lass uns abbrechen", bestätigte der kräftige Mann, richtete sich auf und rieb sich den schmerzenden Rücken. „Ich muss ohnehin gleich ins Rathaus." Damit schulterte er seine Flinte und stieg langsam die ersten Stufen des Hochsitzes herunter, gerade so viel, dass er seinem Vater beim Abstieg helfen könnte. Der kletterte erstaunlich flott die Leiter hinunter, was seinen Sohn mal wieder bewundernd lächeln ließ, sein Vater war immerhin fast neunzig. Seinen grünen Geländewagen hatte er auf dem Weg unterhalb des Hochsitzes geparkt, es waren nur wenige Schritte bis dorthin. Sie klopften sich den Lehm von den Schuhen, stiegen ein und wortlos fuhr Friedhelm Merzen langsam den Waldweg hinunter. Der führte auf den asphaltierten *Asbecker Weg,* der sich durch den Wald schlängelte. Wieder wunderte er sich über diesen merkwürdigen Mann, der mitten im Gelände stand und sich umsah. Er kannte ihn nicht. Eigentlich waren ihm alle Spaziergänger in seinem Revier bekannt. Man grüßte sich, sprach miteinander. Über den Wald, die

Jagd, Hunde oder den Borkenkäfer. Der Wald war in einem schlimmen Zustand. Ein Gesicht konnte er nicht erkennen, der Kerl trug eine Kapuze und dunkle Kleidung. Was machte der da?

In einer Bäckerei in der Grüne kaufte er frische Brötchen für seinen Vater und für seine Familie, dann setzte er ihn an seinem großzügigen Haus in Lössel ab. Diese beiden Stadtteile waren ihm vertraut wie keine anderen, dort spielte sich sein Leben ab. *Warum verkauft er es nicht endlich,* dachte er, während er sein Haus in der Innenstadt ansteuerte. *Mutter ist seit fünf Jahren tot, allein in dieser Villa, mit diesen vielen Erinnerungen, warum quält er sich so?* Er konnte seinen Vater nicht verstehen, Geld für ein komfortables, sehr honoriges Seniorenheim war genug da. Vor allem, wenn die Villa verkauft würde. Sprechen konnte er mit ihm über das Thema nicht mehr. Als er es vor einigen Monaten zum letzten Mal versucht hatte, wischte sein Vater das Thema unwirsch zur Seite. „Du weißt, was ich will", hatte er laut gesagt. „Dass das Haus in unserer Familie bleibt. Dass ihr hier wohnt. Was hält euch in der Stadt? Oder in Sümmern? Wozu braucht ihr zwei Häuser? Lössel ist viel schöner und das Haus, dein Elternhaus, viel größer." Er hatte sich oft mit seiner Frau Julia darüber unterhalten. Und wie immer bei dem Thema war das Gespräch in einem Streit geendet, sie wollte in das Haus ziehen, lieber heute als morgen. Niemals würde er in seinem Elternhaus wohnen wollen. Zu viele Erinnerungen, zu muffig. Der Kasten musste weg. Und wie immer, wenn er sich in Rage geredet hatte, schwieg sie. Schwieg und sah ihn an, kalt wie Eis. So kalt, als wollte sie ihn umbringen.

„Begreift ihr das nicht? Das ist von langer Hand geplant!!! Werdet wach!!!" Er würde nicht aufhören. Nein, ihn machten sie nicht mundtot. Zufrieden lehnte er sich zurück und trank einen Schluck Wasser. Innerhalb von wenigen Minuten bekam sein Beitrag mehr als hundert Likes und zwanzig zustimmende, unterstützende Kommentare. Er hatte sie in der Hand, konnte sie lenken, und es wurden mehr, jeden Tag. Bald war es so weit. Er würde konkret werden, nicht nur zur Wachsamkeit aufrufen. Seine Ziele benennen, die Menschen, die er meinte. Die dran glauben mussten, büßen für ihre Sünden. Widerstand.

Langsam zog er die Kapuze vom Kopf und ließ die Hände sinken. Er kam auf ihn zu, die Flinte hing ihm über die Schulter, die Krempe des Hutes verdeckte einen Teil seines Gesichts. Endlich. Endlich würde er Friedhelm Merzen gegenüberstehen. So oft hatte er ihn schon gesehen, in der Zeitung und im Wald. Er wusste, dass ihn die Neugier trieb, er ihn kennenlernen wollte. Jetzt hob er die rechte Hand zum Gruß.

„Junger Mann, darf ich Sie etwas fragen?"

Er stand vor ihm, fast einen Kopf größer. „Sicher möchten Sie wissen, was ich hier mache."

Der weißhaarige Mann nickte nur und lächelte ihn an.

„Ich bin auf der Suche. Auf der Suche nach dem richtigen Ort. Und hier, neben dem Bett der Asbecke, bin ich sicher, ihn gefunden zu haben."

„Haben Sie etwas verloren?" Der Mann entspannte sich, schien erleichtert über die Antwort.

„Ja, vor langer Zeit schon, etwas sehr Wertvolles."

Die Erklärung schien dem Mann zu genügen. Mit einem „Dann viel Glück!" wandte er sich um zu seinem Geländewagen, der auf dem Waldweg stand. Der erste Hieb des Bokuto ließ ihn zu Boden sinken.

3

„Kannst du mir sagen, was das bedeutet?"

Langsam schüttelte sie den Kopf. „Keine Ahnung, was das soll, habe ich noch nie gesehen." Fragend sah sie auf ihren Kollegen, der neben der Leiche kniete.

„Die Spurensicherung wird nicht viel finden bei diesem Untergrund, nasser Waldboden, viel Laub und der Waldweg durch die vielen Holztransporte ein einziger Matsch."

„Ob der noch gelebt hat, als er begraben wurde?" Sabrina Dürmer sah auf den Mann, der in Jägerkleidung im Waldboden lag. Sie schätzte ihn auf Anfang sechzig, nur wenige weiße Haare ragten aus dem mit Lehm verklebten Gesicht. Eine kräftige Figur, ein kantiges Kinn. Die Jagdkleidung, die er trug, war sicher teuer. Von einer Flinte hatten sie noch nichts gesehen. Ein Jäger ohne Waffe? In seinem Mund steckte ein Röhrchen, lang und sehr schmal.

Im Aufstehen sah Lars Krenk in die Brieftasche, die er aus der Jacke des Toten gezogen hatte. „Ein Raub war es nicht, etwa dreihundert Euro in Scheinen und ein goldener Ring am Finger, dazu eine *Patek Philippe* am Handgelenk. Und hier ist der Ausweis, ein Dr. Friedhelm Merzen, sechzig, verheiratet, wohnt in Sümmern."

„Jetzt wird's politisch", ahnte Sabrina Dürmer düster.

„Kennst du den Mann?" Neugierig blickte der Kommissar sie an und ärgerte sich, dass seine Kollegin mehr wusste als er.

„Liest du keine Zeitung? Ein hohes Tier aus der Stadtverwaltung, sitzt auch im Rat. Du oder ich?"

Lars stutzte und sah seine Kollegin fragend an.

„Wer schnappt sich den Geistlichen und fährt zu der Adresse, um die Nachricht zu überbringen?"

Lars wusste, wie sehr Sabrina es hasste, Menschen die Nachricht vom Tod eines nahen Angehörigen zu überbringen. „Machen wir gemeinsam. Hier können wir erst einmal nichts tun. Wir müssen auf die Kollegen der Spurensicherung warten."

Er steckte die Brieftasche in eine kleine Plastiktüte und gab sie einem der Kollegen in den weißen Schutzanzügen. Lars mochte den untersetzten Kerl nicht. Er hatte ständig schlechte Laune, seine Arbeit machte er nur widerwillig. Er hoffte trotzdem, dass er die Spuren dokumentierte.

„Nicht schlecht." Sie stiegen vor der Villa aus ihrem schwarzen BMW und warteten auf den Geistlichen. Vor dem einstöckigen Gebäude lag ein großer, sehr gepflegter und sehr lebloser Rasen, rechts davon eine Koppel, auf der zwei braune Pferde die milde Sonne genossen.

„Stimmt, Lars, arm war der Mann nicht. Da kommt der Pastor, ich schelle schon mal."

Das weiße Tor öffnete sich automatisch nach innen und sie gingen die mit weißem Kies belegte Auffahrt hinauf. Eine Frau trat vor die Eingangstür, groß, schlank, blond und elegant gekleidet, klassisch mit einem Rock und einer Bluse. Wie immer, wenn sie mit einem Geistlichen auftauchten, ahnten die Angehörigen, dass es sehr schlechte Nachrichten gab. Die Frau öffnete einen kurzen Moment den Mund, während sie gleichzeitig ihre rechte Hand aufs Herz legte.

„Was ist passiert?", überging sie jede Begrüßung.

„Sabrina Dürmer und Lars Krenk von der Polizei Iserlohn", stellte er sie vor, „und das ist ..."

„Was ist passiert?", wiederholte sie tonlos.

„Es wäre besser, wenn wir das drinnen besprechen könnten", drängte Sabrina.

„Was ist passiert?"

„Frau Merzen, wir müssen Ihnen leider mitteilen, dass wir ihren Mann tot aufgefunden haben", beendete Lars die Situation. Die Frau schloss für einen Moment die Augen, holte tief Luft, schien sich aber schnell zu fangen.

„Bitte kommen Sie rein." Sie machte den Weg ins Innere des Hauses frei, während sich der Geistliche mit einem Kopfnicken von den beiden Kommissaren verabschiedete. Lars ließ Sabrina den Vortritt, die der Frau in ein großes, kühles und fast ganz weißes Wohnzimmer folgte.

„Wie ist es passiert?" Sie hatte auf einer Ledercouch Platz genommen, mit geradem Rücken und zwischen den Knien gefalteten Händen. Lars und Sabrina blieben vor einem flachen Glastisch stehen.

„Ein Spaziergänger mit seinem Hund hat ihn gefunden, in einem Waldstück am Asbecker Weg."

Sie nickte kaum merklich. „Dort hat er öfter gejagt, allein oder gemeinsam mit seinem Vater. Er ist heute Nacht sehr früh aufgebrochen, er hatte gestern gesagt, dass er auf die Jagd wollte, allein. Mit seinem Vater war er vor wenigen Tagen dort."

„Haben Sie ihn heute noch gesprochen?" Sabrina lehnte sich etwas vor und wischte sich beiläufig ihre langen Haare hinter die Ohren.

„Nein, wenn er so früh aufgebrochen ist, schlief er in einem separaten Zimmer, ich habe ihn gestern Abend zuletzt gesehen. Wie ist es passiert?"

„Das können wir noch nicht sagen, die Untersuchungen laufen", wiegelte Lars Krenk ab. Dass er begraben war, als der Hund des Spaziergängers an der Stelle bellte und scharrte, behielt er für sich. „Wir können noch keine Todesursache ausschließen, aber wir gehen von einem Fremdverschulden aus. Frau Merzen, was hat ihr Mann beruflich gemacht?"

„Er ist im Verwaltungsvorstand der Stadt, außerdem führt er die Firma seines Vaters, Merzen Metall, weiter. Natürlich gibt es einen Geschäftsführer, aber die Leitung hat ... hatte mein Mann. Wann kann ich ihn sehen?"

Sabrina wunderte sich über das Verhalten der Frau. Sie handelte und sprach pragmatisch, als würde sie eine Liste abarbeiten. „Wir melden uns so schnell wie möglich bei Ihnen, wir wissen, wie belastend diese Situation ist", versicherte sie mitfühlend. „Gestatten Sie mir noch eine Frage, wissen Sie von Feinden, die er hatte, politische oder geschäftliche?"

„Sein Amt bei der Stadt war eine Verwaltungstätigkeit, keine politische", belehrte sie die Witwe.

„Obwohl auf dieser Ebene die Grenze zwischen Verwaltung und Politik verschwimmt", warf Lars ein.

„Nein, es war eine Verwaltungstätigkeit, er gehörte keiner Partei an. Und geschäftlich, ja, Konkurrenten gibt es natürlich, aber ich wüsste von keinem Feind. Er musste sich durchsetzen, aber er hatte viele Freunde, auch in seinem Schützenverein."

„Es wäre sehr hilfreich, wenn Sie uns eine Liste seiner Freunde senden würden. Auf Wiedersehen." Sie standen auf und ließen neben ihrer Karte eine erschütterte und seltsam gefasste Witwe zurück.

„Hast du gestern gefeiert?" Mit einem amüsierten Blick betrachtete Sabrina Dürmer ihren Kollegen. Seine kurzen braunen Haare wirkten nicht so, als hätten sie heute schon eine Bürste gesehen, und wenn sie den zerknautschten Zustand seines karierten Baumwollhemdes und der Jeans richtig deutete, waren es die gleichen Sachen wie gestern.

„Hab' bei 'nem Kollegen übernachtet", murmelte der, „hast du einen Kaffee für mich?"

„Die Bedienung der Maschine hat sich seit gestern nicht geändert", lächelte sie ihn an und bekam fast Mitleid. So zerknautscht hatte sie ihn noch nie gesehen, fast so, als sei er gerade erst aufgewacht. So stellte sie ihn sich zumindest nach dem Aufwachen vor.

Er löffelte das frischgemahlene Kaffeemehl in den Permanent-Pad, warf die *Senseo* an und wartete. „Gibt es schon etwas Neues?"

„Du wirst es nicht glauben, der Bericht von der Gerichtsmedizin liegt schon auf dem Tisch. Ich habe ihn nur überflogen, der Mann wurde tatsächlich lebendig begraben."

„Lebendig begraben?" Lars drehte sich überrascht zu Sabrina um. „Warum macht ein Täter so etwas? Geht so ein Risiko ein? Der hätte doch wieder aufwachen und sich befreien können."

„Das hatte ich in meiner Zeit bei der Mordkommission auch noch nicht. Mein Gott, wie grausam. Er hatte neben etwas Alkohol eine ordentliche Menge Rohypnol im Blut."

„Also K.o.-Tropfen. Und ein Hämatom an der rechten Schläfe, von einem Schlag mit einem stumpfen Gegenstand. Das Rohypnol könnte ihm nach dem Niederschlag verabreicht worden sein, sagt die Rechtsmedizinerin." Lars hatte den Bericht überflogen und ließ ihn wieder auf den Schreibtisch sinken.

„Warum beides? Warum erst niederschlagen und noch zusätzlich betäuben?" Nachdenklich stützte Sabrina ihr Kinn auf ihre gefalteten Hände.

„Um sicherzugehen, dass er nicht aufwacht? Aus Angst vor Entdeckung? Um ihm Leid zu ersparen? Und Alkohol war auch dabei? Am frühen Morgen?"

„Soll es geben", grinste sie ihn an. „Vielleicht hat er nach dem langen Warten auf dem Hochsitz in der Kälte einen Schnaps getrunken. Die Spurensicherung untersucht zur Zeit sein Auto, vielleicht finden sie darin einen Flachmann. Er war doch allein auf der Jagd, oder?"

„Ja, nur sein Wagen stand noch auf dem Waldweg. Übrigens habe ich gestern noch etwas recherchiert, wegen des Röhrchens in seinem Mund."

„War das bevor oder nachdem du bei deinem Kumpel versackt bist?".

„Brauchst gar nicht so zu grinsen und deine hübsche Nase in mein Privatleben zu stecken", versuchte er ein Lächeln und nahm einen Schluck aus seinem Becher.

„Der Kaffee schein zu wirken. Und was haben deine Recherchen ergeben, sofern du dich noch daran erinnern kannst?"

„Wie gesagt, es ging um das Röhrchen", antwortete er und setzte sich mit dem Kaffeebecher in der Hand hinter seinen Schreibtisch, der ihrem gegenüberstand. „In früheren Zeiten, im Mittelalter, war es eine gängige Hinrichtungsart, Menschen lebendig zu begraben. Häufig nach einem Urteil eines kirchlichen Gerichtes. Fast immer bekamen sie ein solches Röhrchen in den Mund gesteckt."

„Um das Leiden der armen Schweine noch zu verlängern?", schauderte sich Sabrina.

„Nein, damit die unsterbliche Seele den Körper nach dem Tod verlassen konnte. Die meisten Delinquenten sind nicht erstickt, sie sind erfroren."

„So ist unser Kandidat auch gestorben, die Zunge war ihm laut Bericht nicht in den Rachen gefallen. Ich hoffe nur, es war genug Rohypnol, dass er sein Ende nicht mehr mitbekommen hat", seufzte sie. „Ist unser Täter ein Sadist oder ein fanatischer Christ?"

„Manchmal frage ich mich, ob es da einen Unterschied gibt. Okay, ich kümmere mich jetzt um ähnlich gelagerte Fälle, fängst du mit den Befragungen der Freunde an?"

„Nichts da, du kommst mit", lachte Sabrina, „gedrückt wird sich nicht, frische Luft tut dir gut, also los!"

Was für ein Hammer. Die Nachricht vom Tod des Doktor Merzen war natürlich längst durchgesickert, trotzdem würde es eine spannende Pressekonferenz werden. Thomas wartete ungeduldig vor dem Sitzungssaal, den Block in der rechten Hand, das Aufnahmegerät in der Hemdtasche. „Was meinst du, werden wir heute mehr erfahren als ein offizielles Statement?"

„Glaube ich nicht", schüttelte Kevin den Kopf, „die werden sich bedeckt halten. Wahrscheinlich wissen die auch nicht mehr als die Polizei. Knie dich rein."

Ja, knie dich rein. Konnte dieser Fall eine Chance sein, seine nicht mehr vorhandene Aussicht auf Karriere wieder in Gang zu bringen? Raus aus der kleinen Lokalredaktion, zu einem der großen Blätter oder Sender. Hamburg, das war sein Ziel, die Medienstadt.

Die Pressekonferenz war wie zu erwarten eine Verlautbarung. Mehr als den Tod des prominenten Iserlohners und das absolute Bemühen der Polizei um Aufklärung kam dabei nicht heraus. Natürlich kannte Thomas den Toten, von diversen Terminen, Gesprächen und Konferenzen, aber nur in seiner Funktion als Verwaltungsspitze. Von seiner Persönlichkeit wusste er so gut wie nichts. Zeit, das zu ändern.

In der Redaktion machte er eine Liste von Leuten, die Friedhelm Merzen kannten. Die musste er abtelefonieren und besuchen. Warum hatte der Beamte nichts zur Todesursache gesagt und auf ermittlungstaktische Gründe verwiesen? Trotz mehrerer Nachfragen blieb er lediglich beim „tot aufgefunden". Sein Handy, Lisa. Er dachte an den gestrigen Abend, seufzte und meldete sich.

„Du musst dir für heute Abend etwas Nettes für Hanna einfallen lassen."

„Wohl eher sie für mich. Hast du schon vergessen, dass ich gestern mal wieder der schlechteste Vater der

Welt war?" Er dachte an die vielen Tränen und die Vorwürfe, die sie ihm gemacht hatte, wieder einmal.

„Sie ist in der Pubertät und hat Liebeskummer, Thomas."

Als ob er das nicht wüsste, sie erinnerte ihn jeden Tag daran. „Also gut, ich lasse mir was einfallen." Dann rief er den Bürgermeister an, auch von dem kamen nur Floskeln, obwohl er einen guten Draht zu ihm hatte. Er durchsuchte die sozialen Netzwerke nach Dr. Friedhelm Merzen. Wie zu erwarten, fand er dort nichts. Auf der Seite der Stadt standen nur die Kontaktdaten und sein Verantwortungsbereich, Leiter des Ressorts Sicherheit, Bürger und Feuerwehr. Also erst einmal die weitere Suche im Netz.

„Sehr gut, ich sehe, du bist dran." Jochen, sein Redaktionsleiter. Er hatte ihn nicht bemerkt. „Ich möchte, dass du dranbleibst. Prominente Mordopfer haben wir nur selten, könnte sein, dass mehr dahintersteckt. Finde raus, wie er gestorben ist, sprich mit der Kripo. Ich will alles über den Fall wissen."

Zum ersten Mal an diesem Tag huschte ein Lächeln über sein Gesicht. Er hatte die Story. Nicht die arrogante Kollegin, die alle anderen Redakteure für Versager hielt. Es würde ihm ein Vergnügen sein, in der Konferenz darüber zu berichten.

Der Erste. Und sofort ein Volltreffer, einer aus der obersten Ebene. Er ballte die Faust und las die Nachricht noch einmal: Aus dem Verwaltungsvorstand der Stadt. *Da werden noch viele folgen!!!*, hämmerte er in die Tastatur. *Und ich weiß auch schon, welche es sein werden!!! Passt auf!!! Der Rächer ist unterwegs!!! Ich erwische sie alle, die nur an sich denken, alle!!!* Sein Hieb auf die Enter-Taste war so heftig, dass die Tastatur hochsprang.

„Leute, wir brauchen Ergebnisse. Der Staatsanwalt macht Druck, und dem hängt die Politik im Nacken, nicht nur auf kommunaler Ebene. Die Sache hat längst Kreise gezogen, also, was haben wir?" Hanno Greimer beugte sich vor, sah Sabrina und Lars herausfordernd an.

„Nichts haben wir." Dabei zuckte Lars kurz mit den Schultern.

„Wie, nichts? Ihr müsst doch erste Ergebnisse haben, nichts gibt es nicht." Dabei richtete er sich auf und sah Lars an wie ein Vater, der wütend auf sein Kind ist.

„Mit nichts meinen wir keine verwertbaren Spuren", ging Sabrina dazwischen. „Am Tatort weder Schuhabdrücke noch Reifenspuren, dazu war es viel zu feucht und der Boden mit Blättern bedeckt. Keine verwertbare DNA und vor allem kein Motiv. Die Ehe war zumindest intakt, keine Geliebte oder Grund zur Eifersucht, die Finanzen mehr als stabil, keine Feinde oder auch nur Gegner. Im Schützenverein sprechen sie nur Gutes über ihn, auch wenn er dort nur Mitglied war, um Kontakte zu pflegen. Ebenso seine Geschäftspartner und Mitarbeiter in der

Stadtverwaltung. Keine Drohmails, auch nicht länger zurückliegend. Das heißt nichts. So richtig nichts."

„Habt ihr nach vergleichbaren Fällen gesucht, auch in der Vergangenheit?"

„Selbstverständlich haben wir das, sind keine bekannt, die letzten zwanzig Jahre. Menschen zu verbuddeln ist scheinbar schwer aus der Mode gekommen. Außerdem ist die Dunkelziffer bei lebendig Begrabenen extrem hoch, wenn weg, dann weg."

„Spar dir deinen Zynismus für den Feierabend, Lars."

„Etwa eintausend Morde und unnatürliche Todesursachen gibt es pro Jahr in Deutschland, die nicht entdeckt werden, sagt unsere Schnibblerin. Unserer wäre fast einer davon geworden. Unser Täter hatte zumindest kein Interesse daran, dass sein Opfer gefunden wurde."

Hanno Greimer stand auf. „Ich weiß, was Dr. Marianne Henkens dazu sagt. In zwei Tagen will ich Ergebnisse sehen, mindestens eine erste Spur. Falls ihr Unterstützung braucht, hole ich die. Ich brauche etwas, die Staatsanwaltschaft Hagen macht Druck, die habe ich fast jede Stunde an der Strippe." Er drehte sich um und verließ das Büro.

„Lagebesprechung im *Fuchs*?"

Sabrina nickte, schnappte sich ihre Jacke und folgte Lars aus dem Gebäude. Über die Friedrichstraße gingen sie zu dem Lokal in der Fußgängerzone, grüßten die junge Frau hinter der Theke und setzten sich an einen Tisch hinter der großen Glasscheibe.

Täuschte er sich oder waren ihre langen brünetten Haare eine Spur heller als sonst?

„Was ist?", lächelte sie ihn an.

Er betrachtete die Grübchen, die sich in ihren Mundwinkeln bildeten, ihre schlanke Nase und ihre braunen fröhlichen Augen. Sie trug wieder einer ihrer langen silbernen Ketten und einen Armreif. Sie war eine Silber-Frau. Hatte er jemals Gold an ihr gesehen? „Gut siehst du aus."

„Danke, bei dir wird es auch langsam besser. Worauf habt ihr gestern angestoßen?"

„Uns ist aufgefallen, dass wir beide gestern Scheidungsjubiläum hatten, ist doch ein Grund, oder? Er seit zwei Jahren, ich seit vier."

Sabrina stockte, räusperte sich kurz. Sie sah auf den Ring am Finger seiner rechten Hand und fragte sich wie so oft, ob es der ausgediente Ehering ist. „Hast du sie seitdem wiedergesehen?"

„Nein, und ich wollte es auch nicht, aus ist aus."

Ihr entging nicht das leichte Zucken seiner Augenbraue. War das eine Träne? Fast hätte sie seine Hand genommen, in diesen Momenten tat er ihr leid. Dass er die Trennung nicht überwunden hatte, spürte sie oft. Lars war immer noch ein gutaussehender Mann, ein leichter Bauchansatz, ein warmes Gesicht, volle braune Haare und ein gutmütiges Wesen, das er manchmal unter Aggressivität und Resignation versteckte.

„Was ist mit dem Plastikröhrchen, das der Mann im Mund hatte? Hast du dazu was gefunden?"

„Nein, handelsübliche Ware, gibts in jedem Baumarkt und im Netz. Ich fürchte, wir müssen tiefer graben."

„Mit wem sollten wir noch sprechen? Wir haben die Liste, die uns seine Frau gegeben hat, abgearbeitet, Arbeitskollegen, Schützenverein, Freunde."

„Vielleicht finden wir in seinen Akten ein Motiv, kann ja sein, dass er beruflich mit jemandem aneinandergeraten ist."

„So heftig, dass es für einen Mord reicht?"

„Hast du eine bessere Idee?"

Sabrina zuckte mit den Schultern. „Vielleicht kommt mir nach dem Cappuccino eine."

„Ich muss die ganze Zeit daran denken, dass ein spielendes Kind die Leiche im Wald gefunden hätte, schrecklich. Einen lebendig begrabenen Mann, selbst für uns ein schockierender Anblick." Als Sabrina die Augen langsam schloss, wurde ihm klar, was er mit seiner Bemerkung über das Kind angerichtet hatte. „Entschuldigung, ist mir so rausgerutscht. Lass uns gehen und einen Termin im Rathaus machen. Vielleicht finden wir dort ein Indiz oder eine Spur. Jemand in seiner Position eckt immer an. Verprellte oder übergangene Kollegen, Neider in der Firma oder bei

Konkurrenten, da muss doch etwas sein, das ist alles viel zu glatt."

„Übrigens hat die Spusi in der Jacke des Toten einige gefaltete DIN-A-4-Seiten gefunden. Keine persönlichen Unterlagen, irgendwelche Verwaltungsvorschriften."

„Nicht ungewöhnlich für einen Mann an der Verwaltungsspitze, schauen wir uns später an. Und jetzt los."

„Ich habe ein Interview mit ihr."

„Super, Thomas, was hast du ihr entlockt? Das gute alte Witwenschütteln", rieb sich Jochen die Hände.

„Hinweise auf den Täter sind nicht dabei, falls du das gehofft hast. Es war ein sehr persönliches Gespräch, ich war überrascht, wie sie sich geöffnet hatte. Als ich um einen Termin bat, hätte ich nicht gedacht, dass sie dazu bereit ist. Hat mich ziemlich kühl empfangen, dann, im Gespräch, ist sie aufgetaut. Mir fiel ein, dass ich sie von früher kannte, ich habe mal einen Artikel über sie gemacht, über ihre ehrenamtliche Arbeit beim Roten Kreuz. Sie hat von den Studienzeiten ihres Mannes erzählt, seiner Studentenverbindung ..."

„Eine schlagende? Hast du nachgehakt? Gehören die zum rechten Spektrum?"

Thomas sah das Funkeln in Jochens Augen. „Da muss ich dich enttäuschen, der Verein ist nicht rechts, ein konservatives schlagendes Karrierenetzwerk. Von dort an ging's bergauf, bis in den Verwaltungsvorstand und in den Vorsitz der Firma."

„Mensch, auf dem Weg muss er sich doch Feinde gemacht, Konkurrenten ausgebootet haben. Was glaubst du, hat seine Frau was mit dem Mord zu tun? Oder die Kinder?"

„Die sind beide im Ausland, Karriere machen. Seine Frau? Aus welchem Grund, Jochen? Selbst wenn die Ehe kaputt ist, die haben genug Platz, um sich aus dem Wege zu gehen. Zwei Häuser, das große in Sümmern und das kleinere in der Innenstadt. Falls sie einen Liebhaber hat, kann sie sich scheiden lassen, auch dann bleibt genug über für ein sorgenfreies Leben. Nein, ich sehe da kein Motiv."

Jochen kratzte sich am Kinn und dachte nach. „Ich verstehe das nicht, irgendjemand muss ein Motiv gehabt haben. Das war doch eine geplante Tat, keine Affekthandlung. Hast du von der Kripo noch etwas erfahren?"

„Nein, die machen dicht. Wahrscheinlich sind die genauso ratlos wie wir."

„Ist das neu?"

„Was meinst du?"

„Na, dass vor dem Rathaus ein Mann von einem Sicherheitsdienst steht."

Lars sah sich den Mann, den er bislang nicht bemerkt hatte, genauer an. Dunkelblaue Uniform, keine Mütze, ein großer kräftiger Kerl, der so mürrisch guckte, als wäre er dazu verurteilt worden, sein Leben lang vor dem Eingang zu stehen. Gepflegter kurzer Vollbart, raspelkurze Haare auf dem massigen Kopf. „Meinst du, das ist wegen des Mordes an Merzen? Haben die Panik, dass einer das Rathaus stürmt und alle niedermacht?", lächelte Lars sarkastisch.

„Fragen wir ihn einfach", entschied Sabrina und steuerte den Mann in der Uniform an.

„Schönen guten Tag, Dürmer von der Kripo Iserlohn." Dabei holte sie ihren Dienstausweis aus der Innenseite ihrer Jacke und hielt ihn dem Mann vors Gesicht. Der rührte immer noch keine Miene. „Dürfen Sie mir verraten, warum und seit wann Sie hier stehen, Herr, ääh, Schneider?" Sie musste sich vorbeugen, um den Namen auf dem Schild der Uniformjacke lesen zu können.

„Wir haben den Auftrag erst seit wenigen Tagen", begann der ruhig mit einer tiefen Stimme, „den genauen Grund kann ich Ihnen nicht nennen, aber es hat wohl mit dem Tod des Mannes zu tun, den man am Asbecker Weg gefunden hat. Der hat hier gearbeitet."

„Also doch", drehte sich Sabrina zu Lars, „die haben Angst. Und das ist die erste Frage, vor wem oder was haben die Angst? Gibt es einen Grund dafür? Danke und einen schönen Tag noch!", verabschiedete sie sich und verschwand so schnell hinter der Glastür, dass Lars Mühe hatte, ihr zu folgen. Er winkte dem Security-Mann zu und beeilte sich, Sabrina war in Schwung.

Der Bürgermeister wirkte genervt. Ungeduldig blickte er auf seine Uhr, die sicher nicht billig war, wie Lars vermutete.

„Hatte Doktor Merzen innerhalb der Verwaltung Feinde?"

„Feinde, ein großes Wort, Frau Dürmer. Falls Sie meinen, Feinde im Sinne von nach dem Leben trachten, nein, sicher nicht. Natürlich machen sie sich nicht nur beliebt, wenn sie innerhalb einer Verwaltung ein so hohes Amt einnehmen. Er wurde von allen Mitarbeitern geschätzt, ohne Ausnahme. Seine Entscheidungen waren fair und er traf sie im Team, mit seinen Mitarbeitern."

„Es wäre hilfreich, wenn Sie uns eine Liste der Mitarbeiter von Dr. Merzen geben könnten."

„Die habe ich bereits erstellen lassen, ich gebe sie Ihnen ausgedruckt mit und schicke sie noch per Mail." Dabei schob er Sabrina ein Dokument in einer Klarsichtfolie herüber, die er auf seinem Schreibtisch liegen hatte.

„Gab es von Seiten der Bürger Drohungen gegen ihn, von Menschen, die mit seinen Entscheidungen nicht einverstanden waren?"

„Das hört sich so an, als würden die Beschlüsse im Rathaus willkürlich getroffen", lächelte der leicht übergewichtige Mann. „Wir richten uns ausschließlich nach den entsprechenden Gesetzen und Vorgaben, solche Entscheidungen sind jederzeit nachvollziehbar und transparent."

„Trotzdem wird es Situationen gegeben haben, die nicht ohne Widerspruch blieben."

„Natürlich gibt es die, Frau Dürmer. Und gelegentlich gibt es anonyme Mails. Aber nie war eine Morddrohung oder auch nur die Androhung von Gewalt darunter. Friedhelm, also Doktor Merzen, war immer korrekt."

„Wer wird sein Nachfolger oder seine Nachfolgerin?", schaltete sich Lars ein.

„Sein Stellvertreter ist Jürgen Jansen. Das heißt aber nicht, dass er deshalb in das Amt nachrückt, diese Entscheidung ist noch offen." Der Bürgermeister lehnte sich in seinem schwarzen Schreibtischstuhl zurück und entspannte sich ein wenig, wie Sabrina schien. Sie kannte dieses Verhalten, die Anspannung von vielen anderen Befragungen. Menschen, mit denen sie sprachen, schienen automatisch in die Rolle eines Verdächtigen zu rutschen, sobald die Kripo auftauchte.

„Wer entscheidet über die Nachfolge? Sie allein? Oder ihre Partei, die Freien Iserlohner?"

„Darüber berate ich mich mit meinen engsten Mitarbeitern, nicht mit der Partei. Ich bin der

Bürgermeister, nicht der König von Iserlohn", lachte er etwas zu laut.

„Falls wir noch weitere Fragen haben, melden wir uns bei Ihnen", sagte Sabrina und stand auf.

„Ich werde mir selbstverständlich Zeit für Sie nehmen, Frau Dürmer, Herr Krenk. Wir alle wollen, dass der oder die Täter gefasst werden, so schnell wie möglich."

„Wirklich ergiebig war dieses Gespräch nicht", stellte Lars fest, als sie das Rathaus verließen. „Nur Phrasen und Allgemeinplätze."

„Was hast du erwartet?", sah ihn Sabrina von der Seite an. „Der Mann ist Politiker. Zumindest haben wir jetzt eine Liste von Namen, die wir überprüfen können."

„Und mit seinem Stellvertreter fangen wir an. Der hat das stärkste Motiv von allen. Aber warum diese Todesart? Warum kein Autounfall?"

„Um uns abzulenken, in die Irre zu führen. Vergiss den Bürgermeister nicht. Vielleicht wollte der Merzen ihn in seinem Amt beerben. Du kennst doch den alten Politikerspruch ..."

„Ja, die Steigerungsform, Feind, Todfeind, Parteifreund."

Verdammt, das hatte er nicht gewollt. Die Bemerkung mit dem Kind hätte ihm nicht rausrutschen dürfen. Auch wenn sie sich fröhlich in den Feierabend verabschiedet hatte, er wusste schon lange um ihren wunden Punkt. Er parkte seinen Wagen in der Seidenstraße in Wermingsen, ging hoch in die erste Etage und öffnete seine Tür. Stille empfing ihn, seine Vermieter unter ihm schienen nicht im Haus zu sein. Es war noch warm, also nahm er ein Glas und eine Flasche Mineralwasser mit auf den Balkon. Er sah über die kleinen Häuser mit den Gärten, die Menschen, die in ihnen arbeiteten oder sich ausruhten, spürte die Ruhe, die auf ihn wirkte, die er so mochte. Sollte er sich morgen entschuldigen oder es einfach lassen? Darauf warten, dass sie ihn irgendwann ins Vertrauen zog, ihm erzählte, was damals geschehen war? Lars war schnell bei der zweiten Variante, wie immer. Nach einem weiteren Glas Wasser ging er zurück in sein Wohnzimmer, holte aus einem Fach seines alten Wohnzimmerschrankes, den er von seiner Oma bekommen hatte, eine Flasche Rotwein. Als er den Korkenzieher ansetzte, hielt er einen Moment inne. Zu früh. Er legte ihn wieder weg, nahm seine Jacke und den Autoschlüssel und verließ die Wohnung wieder. Seine Gewohnheiten sollten heute nicht gewinnen. Er fuhr über die Wilhelmstraße in die Altstadt, durch die beiden Kreisverkehre links ins Lägertal, von dort durch den Wald hinauf zum Danzturm. Wie immer fühlte er sich nicht wohl auf dieser schmalen Straße, die wenig Ausweichmöglichkeiten bot. Es ging gut, niemand kam ihm entgegen. Er parkte seinen Wagen und ging wenige Meter zum Aussichtspunkt, genoss den Blick über seine Heimatstadt und die Wälder, die von

Stürmen, Trockenheit und Käfern verschont geblieben waren. Warum war er so selten hier oben, wenn er diesen Moment so genoss? Er atmete tief durch, ging zur Terrasse des Panorama-Restaurants und hatte Glück, einen Tisch am Rand zu erwischen. Von hier aus konnte er weiter auf die Täler unter ihm blicken. Eine junge Frau in einem schwarzen Rock und einer weißen Bluse steuerte ihn an, in der Hand eine Speisekarte und ein kleines elektronisches Gerät. Die Karte brauchte er nicht, er liebte das *Krüstchen* des Lokals, dazu ein kleines Bier. Beides brachte ihm die junge Frau schnell und er freute sich auf das Essen. Sabrina, was war mit ihr? Stimmten die Gerüchte, dass sie mal ein Kind hatte, dass es tot war? Hatte sie einen Freund? Jemand, der sie stützte? Oder nur ihre schwarze Katze? Sie erzählte nicht viel und er fragte nicht. Dass sie gerne als Künstlerin leben würde hatte sie mal gesagt, in einem Moment, als es fast vertraulich geworden wäre. Dass sie malte und Skulpturen anfertigte. Hatte er Bilder von ihr gesehen, hatte sie ihm welche gezeigt? Er konnte sich nicht erinnern. Morgen würde er sie fragen. Mit diesem Vorsatz und einem vollen Bauch verließ er das Lokal und fuhr heim, setzte sich mit der Flasche Rotwein auf seinen Balkon und schaute in den Abendhimmel. Das Glas brauchte er heute nicht.

Mehmet Kurum drückte das Gaspedal noch weiter durch, die Reifen quietschten, aus dem Autoradio dröhnte der neueste Song von Beyazz. Er ließ seinen Audi im Kreis schleudern, lachte und strecke seinen linken Arm durchs Fenster, zeigte dem Arsch den Mittelfinger und lachte noch lauter, als der Typ sich aufregte. Noch eine Runde, dann fuhr er mit sechzig durch die Dreißigerzone, hupte zum Abschied und schlug den Weg in die Altstadt ein. Bevor er nach Hause fuhr, würde er seine Kumpel in der Shisha-Bar besuchen. Einer schuldete ihm noch Geld für die letzte Lieferung. Er musste ihm klarmachen, dass er es nicht gewohnt war, zu warten, dass er pünktlich zu zahlen hatte, sonst gab es nichts mehr. Wieder sah er in den Rückspiegel, war der schwarze BMW schon länger hinter ihm? Verfolgte er ihn? Mehmet war sicher, dass dieser Journalist einen Detektiv beauftragt hatte, der ihn beschatten sollte. Immer öfter hatte er das Gefühl, dass ihm jemand folgte. Nur ein Gefühl, aber darauf konnte er sich verlassen. *Dich kriege ich auch noch*, knurrte er und nahm sich vor, seine Kumpel einzuweihen. Die mussten ihm helfen, diesen Detektiv zu erwischen. Sie schuldeten ihm noch was, alle schuldeten ihm etwas.

Ich weiß, wer der Nächste ist!! Der steht auf meiner Liste, ich habe ihn im Fadenkreuz!! Niemand von euch wird sicher sein!!! Meine Zeit ist gekommen!!!

Der Prolet schon wieder. Jeden Abend kurvte der mit seinem aufgemotzten Auto durch die Siedlung, langsam, die Fenster runter und die Anlage aufgedreht. Deutsch-türkischer Rap, der durch die stillen Straßen wummerte, so laut wie möglich. Thomas beherrschte sich, zeigte ihm keinen Vogel, dann würde dieser Idiot mit seiner Goldkette noch breiter und schmieriger unter seiner spiegelnden Sonnenbrille grinsen, ihn anschauen und den Mittelfinger zeigen. Ihm reichte es mit diesem asozialen Typen, jeden Abend das Gleiche. Der machte sich doch einen Spaß daraus, ihn zu provozieren. Morgen würde er ihn anzeigen, noch bevor er in die Redaktion fuhr. Das Kennzeichen des Audi hatte er sich längst notiert. Und wo war Lisa? Wieder keine Nachricht, kein Zettel auf dem Tisch, auch im Wandkalender in der Küche fand er keinen Eintrag. Traf sie sich wieder mit einer Freundin? War sie bei einer ihrer Umweltgruppen? Was für ein Abend, Essen war auch keines im Kühlschrank. Hätte er das gewusst, hätte er sich etwas von unterwegs mitgebracht. Jetzt blieb ihm nur der Pizzadienst, und der würde mindestens eine dreiviertel Stunde brauchen. Thomas rief an, bestellte eine Frutti di Mare, dann holte er sich ein kaltes Bier aus dem Kühlschrank und setzte sich auf die Terrasse. Was für ein Tag. Keinen Millimeter war er in der Mordsache Merzen weitergekommen, der Pressesprecher der Polizei mauerte. Okay, er hatte nichts anderes erwartet. Auch seine anderen Kontakte in der Verwaltung und in den Parteien machten dicht. Scheinbar hatten alle Angst, sich die Finger zu verbrennen, blieben in Deckung. Aus welchem Grund? War es wirklich nur die Nervosität in der oberen Ebene, in der Merzen sich bewegt hatte? Oder steckte etwas ganz Anderes dahinter, von dem niemand wusste? Er holte sich ein zweites Bier, der Pizzadienst ließ verdammt lange auf sich warten. War Merzen vielleicht pervers, erpressbar? Trieb er es mit Kindern und hatte sich erwischen lassen? Er musste noch einmal mit seiner Frau sprechen, vielleicht würde sie ihm einen Hinweis geben, einen entscheidenden

Tipp, *unter drei*, wie es in allen Redaktionen hieß, es war nichts Offizielles. Plötzlich hörte er den Wagen seiner Frau in der Auffahrt, den roten Fiat 500, den sie so mochte. Er hörte den Schlüssel in der Tür, dann schleifende Geräusche, ein Poltern wie von den Rollen eines Koffers, die Heckklappe des Wagens. Warum kam sie nicht zu ihm? So wie immer? Sie wusste doch, dass er abends am liebsten auf der Terrasse saß. Dann hörte er ihre Schritte, drehte sich nicht um, sah erst auf, als sie vor ihm stand.

„Ich gehe."

Sabrina legte den Pinsel zur Seite und ging drei Schritte zurück. Sie betrachtete es aufmerksam, die noch feuchten Farben, das Licht, die Komposition. Irgendetwas stimmte nicht, gefiel ihr nicht. Sie bemühte sich nicht, herauszufinden was es war. Das Bild brauchte noch Zeit. In ein paar Tagen würde sie wissen, was ihm fehlte, was falsch war. Wie bei einem Fall. Die Zeit würde bei beiden zeigen, was nicht passte, woran es fehlte.

Sie nahm die Pinsel mit ins Badezimmer und wusch sie sorgfältig aus, blaue, rote und grüne Farbe lief über ihre Finger, während sie die Borsten ausdrückte. Sie trocknete ihre Hände, nahm sich ein Glas Mineralwasser und setzte sich im Wohnzimmer in ihren alten Sessel, den sie noch von ihrer Oma hatte. Warum hatte Lars heute die Bemerkung mit dem Kind gemacht? War es Gedankenlosigkeit? Wollte er sie aus der Reserve locken, erfahren, was passiert war? Das ging ihn nichts an, er war ein netter Kerl, aber das ging ihn nichts an. Sie fragte ihn auch nicht nach seiner Ehe, seiner geschiedenen Frau, was er noch für sie fühlte. Er liebte sie noch, da war sie sicher, das spürte sie. Sie machte sich Sorgen um ihn, ihren Kollegen, mit dem sie mehr als ein Drittel des Tages verbrachte, verbringen musste. Sie lächelte wieder, als Max miauend auf sie zukam, hochsprang und es sich in ihrem Schoß bequem machte. Sie streichelte ihn, sah ihn aufmerksam an, obwohl sie jedes Detail an ihm kannte - die weißen Flecken auf Ohren und Pfoten, das wohlige Schnurren, das mit den kreisenden Bewegungen ihrer Finger lauter und wärmer wurde. Sie sah zu dem neuen Bild, für das es schon einen Käufer gab. Ein weiterer Anstoß, anders zu leben, nicht mehr so sicher, aber freier. Ohne diesen Dreck, ohne Blut und widerwärtige Menschen. Ohne Lars.

4

„Wie auf dem Präsentierteller." Lars bückte sich und sah sich das Innere des silberfarbenen Audis an. Vor allem den blutüberströmten jungen Mann auf dem Fahrersitz, den toten jungen Mann. Die Diagnose des Gerichtsmediziners musste er nicht abwarten, die aufgeschnittenen Pulsadern erkannte er auch als Laie. Lars schätzte ihn auf Mitte zwanzig, der Hautfarbe und den Haaren nach türkischer oder arabischer Herkunft, bekleidet mit einem Sportanzug, einem dunklen T-Shirt und einer auffallend großen und grobgliedrigen Goldkette. „Der nächste Tote innerhalb weniger Tage", sagte er, als er sich aufrichtete und sich Sabrina umwandte, die hinter ihm stand.

„Mit einem großen Unterschied. Während der erste vergraben war, steht dieses Opfer in seinem Auto mitten auf dem Platz, in der Öffentlichkeit. Direkt vor den Treppen der Bauernkirche." Sabrina leuchtete mit ihrer Taschenlampe in den Fußraum.

Lars sah an der alten Bauernkirche hoch als könnte sie ihm verraten, was geschehen war. Das Licht der aufgehenden Sonne schien auf das Gotteshaus, Menschen waren an diesem frühen Morgen nur wenige unterwegs. „Ist schon merkwürdig, ein Opfer sollte nie gefunden werden, das nächste wird förmlich ausgestellt."

„Wir können Selbsttötung nicht ausschließen, vielleicht war es die Absicht des jungen Mannes, schnell gefunden zu werden."

„Ja, du hast recht. Aber merkwürdig ist es schon, zwei unnatürliche Todesfälle in so kurzer Zeit, das habe ich in meiner Dienstzeit noch nicht erlebt. Wer hat ihn gefunden?"

„Die beiden jungen Männer dort, zwei Rettungssanitäter, die von einem Einsatz kamen."

„Zumindest ist das die Erklärung dafür, warum die Kollegen des Streifendienstes den Rettungsdienst nicht angefordert haben."

„Schau mal, Lars, es liegt eine Blume auf dem Armaturenbrett, könnte ein Veilchen sein."

„Eine Blume? Von Blumen verstehe ich nichts. Die passt so gar nicht zu dem Typen und dem Auto", wunderte sich der. „Sag das den Leuten von der Spurensicherung, und der gesamte Bereich bleibt weiträumig abgesperrt. Zeugen haben wir keine?"

„Nein, nur die beiden Sanitäter."

„Wäre auch zu schön gewesen", seufzte er, „und jetzt lass uns ins Büro fahren, ich brauche dringend einen Kaffee."

„Mehmet Kurum, dreiundzwanzig Jahre alt, ledig, wohnt ganz in der Nähe des Fundortes, bei den Eltern. Na dann, auf zum unangenehmsten Teil der Arbeit."

„Ja, lass es uns hinter uns bringen", stöhnte Sabrina und stand auf.

„Ich kann allein gehen oder nehme den Imam mit. Es wäre schön, wenn du dich um die Kriminaltechnik kümmerst. Und um diesen Stellvertreter, diesen Jürgen Jansen." Er stellte seinen weißen Kaffeebecher ab und griff sich im Aufstehen seine Jacke.

„Danke, bis später." Sabrina war Lars unendlich dankbar für diese Geste. Sie hasste es, Menschen eine solche Nachricht zu überbringen, es beschäftigte sie noch Tage später und brachte sie um den Schlaf. Stattdessen griff sie zum Telefon und rief die Techniker an. Gleichzeitig recherchierte sie im Internet nach Veilchen. Danach googelte sie nach Jürgen Jensen und durchstöberte die sozialen Netzwerke. Die anderen Namen auf der Liste würde sie später mit Lars abarbeiten. Sie hoffte inständig, dass es bei dem jungen Mann kein Mord war.

Weg. Sie war weg. Hatte die Koffer und Taschen in ihr Auto gepackt und war fort, zu einer Freundin. Und mit ihr Hanna, die nicht bei ihrem Vater bleiben wollte, auf gar keinen Fall. Die Freundin wohnte in einem alten Bauernhof, hat dort ihr Atelier und genug Platz für die beiden, hatte Lisa gesagt. Und dass Hanna weiterhin zu ihrer Schule gehen konnte. Abholen durfte er sie nicht. Und jetzt waren beide weg. Thomas stand in Hannas Zimmer, spürte die Leere, die Stille. Eine Stille, die sich im ganzen Haus breitgemacht hatte, die drückte. Er sah die Poster an den Wänden, von Pferden und irgendwelchen Pop-Stars, die er nicht kannte, sah ihre Kuscheltiere in den Regalen und im Bett, ihre Bücher. Sie würden wiederkommen. Ein feines Lächeln schlich sich in seine Mundwinkel, sie würden wiederkommen. Hanna würde ihre Sachen, ihr Zimmer bald vermissen, spätestens wenn der Reiz des Neuen verflogen war. Sie würde Lisa mitbringen. Auch die würde ihr altes Leben schnell vermissen, das stand fest, zwei Wochen, drei Wochen, vielleicht auch vier. Und er würde diese Zeit hier genießen, allein, das ganze Haus für sich, würde laute Musik hören, keine Rücksicht nehmen, essen und trinken, was er wollte und so viel er wollte, herumlaufen wie er wollte, nackt und ungepflegt, so sein, wie er sich fühlte. Ja, sie war weg. Eine gute Zeit würde kommen.

„Gut, dass du nicht dabei warst", seufzte Lars und schloss die Augen, als er sich setzte, „die Reaktion der Eltern war dramatisch, ich musste einen Arzt holen."

„Erhole dich erst einmal, ich bringe dir einen Kaffee. Willst du mit dem Psychologen oder dem Notfallseelsorger sprechen?"

„Ich denke nicht, ich warte die nächsten Tage ab. Mehmet Kurum war das älteste der vier Kinder, zwei Brüder und eine Schwester, Gott sei dank waren sie nicht zu Hause."

„Also das Alphamännchen, der ganze Stolz des Vaters, und der ist nun einfach verschwunden."

„Ja, und als ich nur die Möglichkeit angedeutet habe, dass er sich selbst getötet haben könnte, brachen die Eltern fast zusammen. Niemals hätte er das gemacht, warum auch, es ging ihm gut, alles war in Ordnung, sagen sie. Das müssen wir seine Arbeitskollegen fragen, er war Lagerist bei einer Spedition in Letmathe. Sein ganzer Stolz war sein Auto, der silberne Audi A6, in dem er gefunden wurde, eine Freundin hatte er nicht."

„Was für ein Drama, da liegt noch viel Arbeit vor uns. Die KTU hat die Untersuchungen noch nicht abgeschlossen, wir müssen noch warten. Bislang habe ich nur etwas über die Blume herausgefunden, die auf dem Armaturenbrett lag. Es ist tatsächlich ein Veilchen, und dieses, das violette, steht für Demut."

„Demut? Das überrascht mich jetzt", wurde Lars neugierig. „Nach Demut sahen weder seine Kleidung, seine Goldkette und auch nicht sein Wagen aus. Meinst du, die lag zufällig dort?"

„Irgendwie passt das Veilchen weder zu dem Toten noch zu seinem Auto."

„Wo fangen wir an?"

„Die Eltern und Geschwister lassen wir erst einmal in Ruhe, hast du von möglichen Freunden gehört?"

„Ja, er hang in seiner Freizeit oft mit einigen Freunden in einer Shisha-Bar an der Mendener Straße rum, da könnten wir beginnen und morgen seinen Arbeitskollegen einen Besuch abstatten."

Der Zweite!! Ich habe es euch gesagt!!! Und er wird nicht der Letzte sein, da stehen noch viele auf meiner Liste!!!! Ich kriege alle, einen nach dem anderen!!!

Sie parkten ihren Wagen vor der Halle, wo der Chef des Lagers bereits auf sie wartete.

„Schreckliche Sache, das", begann er das Begrüßungsgespräch ohne besonderes Mitleid. „Ich zeige Ihnen die Mitarbeiter, mit denen er den meisten Kontakt hatte."

Sie gingen in das Lager, das sie mit enorm hohen Regalen beeindruckte. „Der da, der Schmidt hatte am meisten Kontakt mit ihm", zeigte der Dicke auf einen jungen Mann in roter Arbeitskleidung. Sie gingen zu dem Mitarbeiter, der intensiv an einem Terminal arbeitete.

„Dürmer und Krenk von der Kriminalpolizei Iserlohn", stellten sie sich vor und hielten ihre Ausweise in die Höhe. „Haben Sie ein paar Minuten Zeit, Herr Schmidt?"

Der nickte abwesend. „Kleinen Moment, ich muss noch eben die Eingaben speichern. So, bitte, worum geht es?", wendete er sich den beiden neugierig bis ängstlich zu.

„Herr Schmidt, wir haben gehört, dass sie eng mit Mehmet Kurum zusammengearbeitet haben, ist das richtig?"

Etwas verunsichert wendete er seinen Blick von Sabrina zu Lars und wieder zurück. „Was ist denn mit ihm, ich meine, worum geht es? Hat er wieder was angestellt?"

„Herr Schmidt", begann Sabrina das Gespräch möglichst einfühlsam, „wir müssen Ihnen leider mitteilen, dass Herr Kurum ums Leben gekommen ist."

„Mehmet, tot? Aber wie ... und wann, der war doch vorgestern noch hier."

„Haben Sie ihn gestern nicht vermisst?" Lars glaubte, neben der immensen Überraschung eine Spur Erleichterung herausgehört zu haben. „Hatte er etwas Ungewöhnliches gesagt, warum er nicht kommen würde, wie es ihm ging?"

„Nein, der war wie immer. Wie ist das denn passiert?"

„Das können wir Ihnen nicht sagen. Was war Mehmet für ein Mensch, wie hat er sich verhalten? Wenn man den ganzen Tag zusammenarbeitet, bekommt man doch einen Eindruck von dem Kollegen."

Der untersetzte junge Mann holte tief Luft und überlegte einen Moment. „Ganz ehrlich, ein netter Kerl war er nicht. Der sprach immer nur von sich, wie er zu Hause seine Brüder und vor allem seine Schwester behandelte, ihnen sagte, was sie zu tun hatten und auch hier den Chef rauskehren wollte."

„War er denn ihr Vorgesetzter?"

„Ganz bestimmt nicht, der war Lagerist, wie ich auch. Aber ständig hat er sich aufgeplustert, ist gerne mal laut geworden, nur mit dem Arbeiten, das hatte er nicht so."

„Hat denn ihr Chef nichts dazu gesagt?"

„Vor dem hat er sich immer aufgespielt, was er alles machen würde. Verkaufen konnte er sich, mehr aber auch nicht."

„Besten Dank, wir melden uns vielleicht später noch mal."

Vor der Halle blieben sie stehen.

„Das passt zu dem, was uns einer seiner Kumpel aus der Clique erzählt hat."

„Stimmt, Sabrina, er schien ein ziemlich von sich überzeugter Mensch gewesen zu sein."

„Man könnte umgangssprachlich auch Arschloch sagen", nuschelte die, „die anderen aus der Gruppe haben scheinbar nichts Schlechtes über ihn gesagt, weil sie eingeschüchtert waren, und der, der etwas gesagt hat, war nicht unbedingt böse, dass Mehmet nicht mehr kommen würde."

„Sehr beliebt war er nicht, aber ..." Ein Blick auf sein Handy zeigte ihm, dass es die Gerichtsmedizin war. Ohne Fragen zu stellen, hörte er zu und beendete dann das Gespräch. „Das war eine kurze Zusammenfassung des Berichtes. Ich fürchte, wir haben ein Problem."

„Warum? Was ist los?"

„Selbsttötung müssen wir ausschließen. In seinem Blut war ein Stoff, der dort nicht reingehörte – Rohypnol."

5

Aufgewacht, Ruhe. Kein Geschnatter im Haus, keine Musik, keine knallenden Türen, keine vorwurfsvollen Blicke. Was für ein herrlicher Morgen. Auf der Fahrt in die Redaktion pfiff er ein Lied aus seiner Jugend mit, das gerade auf dem Oldie-Radiosender gespielt wurde. Im Büro las er die Pressemitteilungen, die bereits angekommen waren, aber keine befasste sich mit dem Mord an Merzen. Dann loggte er sich auf *Facebook* ein und machte dort einen Spaziergang, wie er es nannte, durch diverse Iserlohner Gruppen. Schnell blieb er an einem Posting hängen, was sollte das darstellen?

Da werden noch viele folgen!!! Und ich weiß auch schon, welche es sein werden!!! Passt auf!!! Der Rächer ist unterwegs!!! Ich erwische sie alle, die nur an sich denken, alle!!!

Der Beitrag war bereits ein paar Tage alt, scheinbar hatte er ihn übersehen. Vermutlich war er durch die vielen Reaktionen in seiner Timeline nach oben gerutscht. Was meinte der Kerl? Und was ging in den Leuten vor, die ihn gelikt hatten, manche mit Lach-Smiley? Die meisten Beiträge machten sich über den Kerl, der sich Revenge-Boy nannte, lustig. Wenige feuerten ihn an, warum und wofür auch immer. Thomas schüttelte den Kopf, als ihm wieder einmal klar wurde, dass das reale Leben mit dem in den sozialen Netzwerken nur wenig zu tun hatte. War dieser Beitrag eine Schnittstelle, bezog er sich auf den

Mord an Merzen? Was hatte der Kerl sonst noch geschrieben? Er klickte auf den Namen und las sich die Beiträge durch. Hasserfülltes Geschwurbel, Verschwörungstheorien, rechte Parolen, das Übliche bei solchen Wirrköpfen. Nur der neueste Beitrag machte ihn stutzig. *Der Zweite!! Ich habe es euch gesagt!!! Und er wird nicht der Letzte sein, da stehen noch viele auf meiner Liste!!!! Ich kriege alle, einen nach dem anderen!!!*

Welcher Zweite? Gab es einen weiteren Mord? Warum wusste er nichts davon? Oder drehte der Kerl einfach durch? War das ein Irrer oder tatsächlich der Mörder? Was ihm auffiel, war die korrekte Rechtschreibung. Bei den meisten solcher bösartigen Postings wimmelte es von Fehlern. Dieses ließ auf einen zumindest belesenen Menschen schließen. Wer steckte hinter diesem Pseudonym? Der oder diejenige hatte sich erst vor wenigen Tagen angemeldet. Thomas stand auf und verließ die Redaktion, er brauchte frische Luft. Sollte er versuchen, mit diesem Revenge-Boy Kontakt aufzunehmen? Es juckte ihn in den Fingern, außerdem war es sein Job, zu recherchieren. Zu erkennen geben durfte er sich nicht, also brauchte er selbst einen anderen Namen, einen, der im besten Fall das Interesse des Schreibers weckte. Außerdem musste er sicher sein, dass er nicht entdeckt, nicht zurückverfolgt werden konnte. War das möglich? Sollte er seinen privaten Computer nehmen? Er ging wieder ins Büro und rief Maik, den überlasteten IT-Spezialisten in der Zentrale in Essen an.

„Hallo, Maik. Ich weiß, du hast viel zu tun, aber ich brauche für eine Recherche einen gesicherten Zugang zum Internet, also so …"

„Dass du nicht über die IP-Adresse zu erreichen bist, kein Problem. VPN läuft hier sowieso, brauchst du das auch privat?"

Stimmt, daran hatte er noch gar nicht gedacht, er musste die Möglichkeit haben, sich abends über seinen Laptop einzuwählen.

„Ja, das brauche ich auch, wie kann ich das einrichten?"

„Kannst du über einen Proxy-Server machen, ist kein Problem."

„Für dich vielleicht nicht, ich habe davon keine Ahnung."

„Ich schicke dir eine Anleitung, ist keine Sache. Von deinem Redaktionsrechner kannst du sofort loslegen."

Zufrieden legte Thomas den Hörer auf, dachte kurz nach und zog die Tastatur zu sich. *Devil666* loggte sich ein.

„Schön, dass du dich etwas entspannt hast, Lisa, so langsam kommst du wieder zu dir."

Zärtlich legte Sarah ihre Hand auf die Schulter ihrer Freundin und sah ihr in die Augen. „Es ist gut, dass du gekommen bist, endlich."

Lisa nickte. „In letzter Zeit ging es einfach nicht mehr, ich hatte mehr und mehr das Gefühl, nicht mehr zu existieren, Luft zu sein für ihn, und das schon seit langer Zeit. Seine Arbeit war wichtig, wichtiger als wir, und dann dieser ständige Streit mit Hanna. Sie ist kein Kind mehr, das scheint er nicht zu sehen, will es vielleicht nicht sehen. Ich hatte das Gefühl, keine Luft mehr zu bekommen, nicht mehr zu leben."

„Du Ärmste." Vorsichtig und zärtlich nahm Sarah Lisa in den Arm, drückte sie leicht an sich, während ihre rechte Hand die schulterlangen brünetten Haare ihrer Freundin streichelte. „Ihr könnt so lange bleiben, wie ihr wollt, hier ist mehr als genug Platz, das weißt du." Dann nahm sie Lisa an die Hand und führte sie zu der kleinen Sitzecke im Garten, in der ein Bistrotisch und zwei mit dicken gepolsterten Kissen verschnörkelte Metallstühle standen. Lisa sah sich im Garten um, und wie jedes Mal beneidete sie Sarah um ihn. Er war bunt und wild, mit Büschen, Rosen und vielen Blumen, deren Namen sie nicht kannte. Einer Blumenwiese, über der Bienen und Hummeln summten und brummten, Leben in jedem Busch, in jedem Strauch, in jeder Pflanze, in jeder Blüte. Der Garten war wie Sarah. Lisa setzte sich, während Sarah in dem alten Bauernhof verschwand und mit zwei Gläsern sowie einer Flasche Rotwein wiederkam.

„Ich liebe deinen Garten", lächelte sie und sah ihre Freundin an. Im Gegenlicht sahen ihre grauen, fast weißen Haare noch milder aus, ihre Lippen noch weicher. Das Licht betonte durch die durchscheinende Bluse ihre schlanke Gestalt und die immer noch festen Brüste, die sich unter dem Stoff abzeichneten.

„Auf das Leben." Sarah reichte Lisa ein Glas und die nippte vorsichtig daran. „Du weißt, was ich von Thomas halte, und darin fühle ich mich wieder bestätigt."

„Ich weiß, was du über ihn denkst. Er ist anders geworden, anders als früher. Nicht nur älter, er ist nicht mehr der Thomas, in den ich mich verliebt habe. Natürlich habe ich mich auch verändert, es ist einfach das Gefühl, irgendwann stehengeblieben zu sein, gleichgültig zu sein, keine Perspektive zu haben, keine emotionale Perspektive. Und jetzt sitze ich bei dir und weiß nicht, was ich machen soll."

„Dich entspannen", war die knappe Antwort Sarahs, „und nichts planen, die Dinge auf dich zukommen lassen. Ich bin bei dir und helfe dir, meine Liebste."

Lisa nickte, lächelte unsicher. Die Nähe ihrer Freundin tat ihr gut, ihre Zärtlichkeit, und sie hatte Angst vor ihr. Angst vor dem, was geschehen konnte. War es tatsächlich erst einen Tag her, dass sie Thomas verlassen hatte, aus ihrem gemeinsamen Haus ausgezogen war? War es nur eine Nacht, die sie in dem ungewohnten Bett verbracht hatte? Hanna genoss die Situation, lachte und verbrachte viel Zeit mit Sarah, im Garten und in ihrem Atelier. Auch Lisa lachte wieder, dennoch blieb ein Gefühl, ein besonderes Gefühl, und das machte sie traurig – Angst.

„Müssen wir den Typen ernst nehmen?" Lars betrachtete Sabrina über den Bildschirmrand. Sie hatte etwas an ihrem Make-up geändert, war es der Lidschatten? Sie wirkte rätselhafter, dunkler als sonst. Oder hatte sie geweint?

„Natürlich müssen wir das, und ich wundere mich, dass du das fragst. Der freut sich über den Tod von Merzen und kündigt weitere Opfer an. Kann sein, dass es ein Spinner ist, im Auge behalten müssen wir ihn. Ich setze mal die Technik auf ihn an, vielleicht haben wir Glück und er ist naiv, hat Spuren hinterlassen."

„Dann müssen wir uns noch einmal Mehmets Freunde vornehmen, vielleicht finden wir einen, der etwas wütender auf ihn war als die anderen."

Sabrina lehnte sich zurück und sah ihren Kollegen fragend an. „Lars, bei beiden Toten wurde Rohypnol gefunden. Das waren keine Taten aus dem Affekt. Ob es dir gefällt oder nicht, dahinter steckt ein und dieselbe Person."

„Muss es nicht zwangsläufig, es kann auch Zufall gewesen sein, denk an die völlig unterschiedlichen Fundort-Situationen."

„Und was sagst du zu diesen Postings? Stammen aus einer Iserlohner Facebook-Gruppe." Dabei reichte sie ihrem skeptischen Kollegen einen Ausdruck der Zitate von Revenge-Boy.

„Was heißt das, Revenge?"

„Das heißt so viel wie Rache. Aber wofür? Interessant ist, dass das zweite Posting kurz nach dem Auffinden der Toten geschrieben wurde, noch bevor die Meldungen an die Presse rausgingen."

„Ich nehme an, die wurden wie immer über unsere Pressestelle, unseren Herrn Diebels, gesendet."

„Natürlich, wie immer."

„In dem Fall sollten wir die beiden Rettungssanitäter unter die Lupe nehmen, die Mehmet gefunden haben, vielleicht haben die schnell was übers Internet verbreitet."

„Hast recht", nickte Sabrina, „ich werde die beiden einbestellen, dann befragen wir sie. Vielleicht wollten die sich im Netz wichtigmachen. Übrigens habe ich auch etwas über den Stellvertreter von Merzen herausgefunden, diesem Jürgen Jensen. In Erscheinung getreten ist er bislang nicht, ganz unauffällig. Verheiratet, zwei Kinder. Der Mann hat Geschichte studiert, Schwerpunkt frühes Mittelalter. Nach dem Studium Eintritt in die Stadtverwaltung und in diese Partei. Außerdem, und das macht ihn interessant, ist er Jäger, wie der Merzen."

„Also gut." Lars atmete tief durch und richtete sich auf. „Du hast ja recht. Wenn bei beiden Opfern Rohypnol gefunden wurde, spricht das für einen Täter. Dann müssen wir untersuchen, ob dieser Jansen eine Verbindung zu Mehmet Kurum hat. Und worin die bestehen könnte. Ich wehre mich einfach dagegen, das Wort in den Mund zu nehmen. Das hat es in Iserlohn noch nie gegeben, das gibt es in Frankfurt oder New York, aber nicht bei uns."

„Du meinst einen Serienmörder? Könnte tatsächlich sein, aber ich will das genau so wenig wie du, das wäre die Hölle."

„Verdammt viel Stress für uns. Ständig Hanno und den Staatsanwalt im Nacken. Und die Sicherheit, dass bald der dritte Tote auf uns wartet."

Jürgen Jansen zog zufrieden die Tür des Besprechungszimmers hinter sich zu. Es lief nach seinen Vorstellungen. Es hätte ihn auch gewundert, wenn der Bürgermeister anders gehandelt hätte. Das Bürgermeisterchen, wie er ihn im Stillen nannte. Der war viel zu bequem und phantasielos, um nach einer anderen Lösung zu suchen. Jetzt würde er sich einen schönen Feierabend gönnen, er hatte ihn verdient. Einen ganz besonderen. Er zog sein Handy aus der Innentasche seines Jacketts und drückte die gespeicherte Nummer. Die unbekannte Nummer auf seiner Anrufliste würde er später anrufen.

Der Mann war Beamter durch und durch. Thomas hörte sich wieder und wieder die Gespräche an, die er geführt hatte, mit Anna Merzen, mit den ehemaligen Kollegen in der Verwaltung, niemand sagte etwas Schlechtes über den Toten. Alle waren höflich, wie eine unausgesprochene Vereinbarung. Und doch schwang ein Unterton mit, der nicht gut klang, den er noch nicht in Worte fassen konnte. Seine Entscheidungen waren immer korrekt, richteten sich strikt nach den Gesetzen und Vorgaben, und doch sprachen die Mitarbeiter mit einer Distanz und Kühle von ihm, als wäre er schuldig. Schuldig an was? Es gab keine Anzeigen gegen ihn, Widersprüche, ja, das war normal in einer Verwaltung, dass Bürger gegen Bescheide Widersprüche einlegten, Entscheidungen nicht akzeptierten, sich ungerecht behandelt fühlten. Selbst seine Frau, die jetzige Witwe, sprach gelegentlich von ihm, als würde sie von einem Fremden berichten.

Thomas las die Liste durch, die ihm auf Wunsch von Anna Merzen der Geschäftsführer ihrer Firma gemailt hatte. Es waren die Geschäftspartner und Mitbewerber, Namen und Ansprechpartner. Manche der Betriebe kannte er, morgen würde er mit den anderen Redakteuren und Jochen darüber sprechen, Leute suchen, die etwas mehr über Friedhelm Merzen berichten konnten - welche Schwachstellen hatte er und welche Feinde? Er musste welche haben. Wer hatte einen Grund, ihn zu töten? Dann schnappte er sich seinen Laptop und schrieb eine Nachricht, die erste an einen Unbekannten, den Revenge Boy.

„Der Biedermann hatte Dreck am Stecken, also doch." Triumphierend hielt Lars die Ausdrucke vor Sabrinas Gesicht.

„Was sind das für Auszüge, woher hast du die?"

„Die stammen von seiner Bank, es ist aber nicht das gemeinsame Konto des Ehepaares und kein geschäftliches. Friedhelm Merzen hatte ein eigenes Konto, über das nur er verfügen konnte. Die Gutschriften sind unregelmäßig, wahrscheinlich Zahlungen von anderen Firmen, das müssen wir noch prüfen. Regelmäßig ist nur eine Abbuchung, jeden Monat zweitausend Euro, auf dieses Konto." Dabei tippte er mit dem Finger auf den Ausdruck. „Das Geld geht an eine Frau Renate Brucker, eine Mitarbeiterin bei Merzen Metall. Und es war nicht ihr Gehalt", raunte Lars.

„Du meinst, er hatte eine Geliebte?"

„Sehr wahrscheinlich, das Geld fließt schon seit Jahren. Wenn es so ist, war sein Tod eine sehr unangenehme Nachricht für sie. Ich bin auf das Gespräch mit ihr gespannt. Und auf das mit Anna Merzen."

„Das könnte ein Schock für beide werden", nickte Sabrina müde.

„Also los, zuerst die Brucker?"

„Ja, und da wir beim Thema Geld sind, müssen wir noch den finanziellen Hintergrund von Mehmet Kurum unter die Lupe nehmen. Wie kann ein einfacher Lagerist sich ein solches Auto leisten? Der hat den neu gekauft."

„Wer weiß, vielleicht finanzierte ihn die ganze Familie, kommt ja häufig vor."

„Sein Vater hat auch gearbeitet, richtig, keine Ahnung, was der als Gemüsehändler verdient, das müssen wir noch prüfen. Seine Mutter ist Hausfrau, die Geschwister gehen noch zur Schule. Und jetzt los."

„Verdammte Baustelle." Lars hieb mit der flachen Hand auf das Lenkrad.

„Ich habe auch nicht dran gedacht, sonst hätten wir über die Autobahn fahren können. Na ja, was soll's, sie ist zu Hause, hat sie gesagt."

Lars seufzte. Es war einer dieser Momente, in denen er sich Sabrinas Geduld wünschte. Oder war es Resignation? Wo war der Unterschied? Es ging endlich weiter, er rutschte als Letzter über die grüne Ampel, bevor sie umsprang. Das Nadelöhr an der Dechenhöhle hatten sie geschafft, jetzt sollte es bis nach Letmathe nicht mehr lange dauern.

Er parkte den Wagen am Anfang der Hagener Straße, dann gingen sie die kleine Querstraße hinauf. Es war das alte Haus auf der rechten Seite, direkt nach der Einfahrt zum Parkplatz des Supermarktes. Über die knarrenden Stufen einer alten Holztreppe stiegen sie in die erste Etage, Renate Brucker erwartete sie in der offenen Wohnungstür. Eine sehr attraktive Frau, wie Lars fand, schlank, mit langen Beinen, einer eleganten Figur, die sich unter dem dünnen Kleid abzeichnete, feste Brüste und lange, leicht lockige rote Haare – wenn nicht dieser verhärmte Zug in ihren Mundwinkeln wäre, dieser stumpfe Blick in ihren Augen.

„Frau Brucker, es geht um den Tod von Herrn Merzen, wie ich bereits am Telefon sagte", begann Sabrina das Gespräch. Sie hatten in dem kleinen, im Stil der sechziger Jahre eingerichteten Wohnzimmer Platz genommen. „Wir haben in seinen Unterlagen Kontoauszüge gefunden, von einem Konto, das seine Frau anscheinend nicht kannte. Er hat ihnen jeden Monat Geld überwiesen, relativ viel Geld, zweitausend Euro. Sie arbeiten als Produktionshelferin für die Firma Merzen, aber es war nicht ihr Lohn, den er ihnen überwies. Wofür haben Sie das Geld bekommen?"

„Das können Sie sich doch denken", seufzte die Frau, die auf der Kante eines Sessels saß und sich nach vorne beugte. „Friedhelm und ich hatten eine Beziehung, schon lange. Ich habe nicht um das Geld gebeten, er hat es mir überwiesen, weil er es wollte. Den größten Teil davon habe ich angelegt, für später, für meinen Sohn, damit er studieren kann und es besser hat."

„Wie lange ging diese Beziehung bereits? Haben Sie sich regelmäßig gesehen, waren Sie auch mal bei ihm?"

„Um Gottes Willen, nein", lachte sie eine Spur zu laut, „das wäre unmöglich gewesen. Er kam immer zu mir oder wir gingen in ein Hotel, manchmal auch ein ganzes Wochenende. Nein, seine Frau durfte davon nichts wissen, das war klar. Wir kennen uns schon lange, etwa zwanzig Jahre. Ich hatte damals in seiner Firma angefangen, er sprach noch persönlich mit jedem Bewerber, das ist heute anders. Es war klar, dass er an mir Interesse hatte, kam öfter zu meinem Arbeitsplatz, so oft, dass die Kolleginnen schon tuschelten. Dann hat er mich zum Essen eingeladen, in einem teuren Lokal, ich habe mich selten so unwohl gefühlt." Sie schloss kurz die Augen, schien sich zu erinnern. „Das ging ein paar Jahre so, dann kühlte unsere Beziehung ab. Erst vor etwa drei Jahren kam er wieder auf mich zu und ich ließ mich erneut mit ihm ein. Und bevor sie fragen, ich habe es gern getan, ich habe ihn wirklich sehr gemocht."

„Hatten Sie nie den Wunsch, dass aus dieser Beziehung mehr wird?" Lars bemühte sich, mitfühlend zu sprechen. „Nach all den Jahren, haben sie nie davon gesprochen, dass er sich von seiner Frau trennte und sie auch ganz offen ein Paar wurden?"

„Nein", schüttelte sie den Kopf, „ich habe es mir gewünscht, sehr, aber darüber gesprochen haben wir nur einmal. Er brauchte auch nichts zu sagen, die gesellschaftlichen Unterschiede waren zu groß. Ich bin sicher, er hatte auch Angst davor, dass seine Frau ihn fertig machen, seine Karriere ruinieren würde."

„Wann fing das mit den Zahlungen an?", schaltete sich Sabrina wieder ein. „Direkt zu Beginn ihrer Beziehung?"

„Nein, erst ein Jahr später, als mein Sohn geboren wurde."

„Das heißt, Friedhelm Merzen ist der Vater ihres Kindes?" Sabrina war überrascht, damit hatte sie bei diesem Saubermann nicht gerechnet.

„Ja, ganz sicher. Ich habe keinen Test machen lassen, aber ich hatte in der ganzen Zeit keine anderen Beziehungen, er ist der Vater, ganz sicher. Und mein Sohn mein ganzer Stolz."

„Weiß ihr Sohn davon?"

„Erst seit kurzem. Und seitdem ist er völlig fertig."

„Da haben wir ihn, Jens Brucker." Sabrina entging nicht das leicht süffisante Lächeln, als er den Namen vorlas. „Liegt nichts vor, ist vor kurzem zweimal auffällig geworden, hat in der Innenstadt betrunken randaliert."

„Ich weiß gar nicht, worüber ich mehr schockiert bin", grummelte Sabrina, „darüber, dass dieser Saubermann einen unehelichen erwachsenen Sohn hat oder dass seine Mutter sich die ganzen Jahre mit der Rolle als Geliebte zufriedengegeben hat."

„Ich denke, sie hat die Lage sehr realistisch eingeschätzt, sie wäre bei allen Freunden, Partnern oder Geschäftsfreunden von Merzen auf Ablehnung gestoßen."

„Unromantischer Realist. Aber da sie sich mit ihrer Rolle abgefunden hatte, nehme ich nicht an, dass sie zu unseren Verdächtigen zählt. Wohl eher ..."

„... der Sohnemann. Stimmt, den müssen wir unter die Lupe nehmen. Wenn der tatsächlich so durch den

Wind ist, kann es durchaus sein, dass er bei einem Treffen mit seinem Vater ..."

„... das es laut seiner Mutter nicht gegeben hat."

„Die muss nicht alles wissen. Vielleicht hat er sich mit seinem Vater getroffen und seiner Mutter nichts davon erzählt, kann ja sein. Auch, dass sie sich bei diesem Treffen gestritten haben und aneinandergeraten sind."

„Du meinst, dass er ihn getötet hat? Das glaube ich nicht, die Todesart passt nicht, diese Zelebrierung des Toten. Wenn er im Affekt erschlagen worden wäre, okay, aber nicht diese sorgfältige Vorbereitung."

Lars seufzte, Sabrina hatte wieder einmal recht. „Hast du ihn schon erreicht?"

„Auf die Mailbox gesprochen und um Rückruf gebeten. Und jetzt?"

„Auf zu Anna Merzen. Die wird den Schock ihres Lebens bekommen."

Lisa schloss noch einmal die Augen. Einen Moment, einen kurzen Moment würde sie noch liegenbleiben, die Wärme des Bettes genießen, auch wenn sie vom Hof die Stimmen von Hanna und Sarah hörte, die lachten. Sarah, was war das heute Nacht? Sie war schon eingeschlafen, als Sarah zu ihr ins Bett kam, ihren Arm um sie legte. Es war schön, sie genoss ihren

Atem in ihrem Nacken, die gleichmäßigen warmen Atemzüge, die Berührungen ihrer Finger, auch, als sie anfing, ihre Brustwarzen zu streicheln, sie sich schlafend stellte. Konnten sich bei schlafenden Frauen die Brustwarzen aufstellen? Mehr machte sie nicht, sie ließ es geschehen, dachte für einen Moment, sie wünschte sich mehr. Doch das machte Sarah nicht. Würde sie es kommende Nacht wieder machen, sich zu ihr legen? Würde sie mehr machen, mehr wollen als Streicheln? Würde sie es wollen? Ja, sie hatte es genossen, noch nie hatte eine Frau sie so gestreichelt und sie wusste, dass Sarah Frauen mochte, so sehr mochte, wie sie Männer. Sie hatte sich schon vorgestellt, wie es sein würde mit einer Frau, aus Neugier. Was wollte sie? Sarah war eine sehr attraktive Frau, und wenn sie sich wieder zu ihr legte, sollte sie sie abweisen – oder sich zu ihr umdrehen, ihre Zärtlichkeiten erwidern? Vielleicht würde sie Thomas darüber vergessen, vielleicht täte es ihr gut, vielleicht wollte sie es. Sie streichelte ihr Kopfkissen, dachte an die Nacht und wünschte sich, es wäre Abend.

Die erste Reaktion. *Revenge Boy* hatte *Devil666* geantwortet.

Ich werde sie alle umbringen.

Ja, damit hast du sicher recht, alle diese Idioten verdienen den Tod. Thomas zögerte einen Moment. War die Frage zu direkt, konnte er den Typ verprellen, den ersten Kontakt versauen? *Wen nimmst du dir als nächsten vor?*

Das geht dich nichts an. Ich weiß, wer auf meiner Liste steht, und jeder hat es verdient.

Wieder hatte Thomas Angst, einen Fehler zu machen. Dann tippte er seine Frage in die Tastatur. *Wer sind sie? Die Juden? Die Linken? Oder, noch schlimmer, linke Juden?* Er setzte noch einen Lach-Smiley dazu und drückte Enter, sein Beitrag erschien auf der geheimen Facebook-Gruppe.

Ist mir scheißegal, was die glauben und denken. Und du bist mir zu neugierig.

Das war's, Thomas nächste Frage blieb unbeantwortet. Er lehnte sich zurück und spielte mit dem blauen Kugelschreiber, den er in die Hand genommen hatte. Meinte der Kerl das ernst? Ging es ihm nicht um Politik und Religion? Welche Motive hatte er sonst? Oder hasste er einfach Menschen und pickte sich wahllos welche heraus? Das wäre die schlechteste Variante, weil es zu wenig Anhaltspunkte gab. Gab es Zusammenhänge zwischen dem Unternehmer, dem Verwaltungsmenschen und dem kleinen Lageristen? Die beiden waren so unterschiedlich, wie sie nur sein konnten. Merzen, den kannte er, mit dem hatte er einige Gespräche geführt, Interviews für die Zeitung. Ein interessanter Mann, als Verwaltungsvorstand und als Unternehmer. In diesen Positionen hatte er ihn porträtiert, mit ihm gesprochen. Versucht, seiner Person, seinem Wesen auf die Spur zu kommen. Hinter seinem Erfolg verbarg sich eine gewisse Rücksichtslosigkeit, wie sollte es sonst auch sein? Wie hätte er es sonst soweit geschafft? Sein soziales Gewissen und Engagement kehrte er durch sein Engagement bei den *Rotariern* heraus, so richtig abgenommen hatte er ihm das nicht. Na ja, für eine gelegentliche Meldung samt Foto in seiner Zeitung war es nützlich, kostengünstige PR. Das Geld, das er für die Rotarier spendete, holte er sich bei seinen Mitarbeitern wieder rein. Seine Ehe? Er hatte auch mit Anna Merzen gesprochen. Es schien, als hätte sie sich arrangiert, auch wenn sie das natürlich niemals gesagt hätte. Eine Zweckehe. Wie passte Mehmet Kurum da rein? Er war sicher, den Namen schon einmal gehört zu haben, aber in welchem Zusammenhang? Mit Friedhelm Merzen sicher nicht. Oder hatte Mehmet früher bei ihm gearbeitet? Das würde er morgen in der Redaktion nachprüfen.

Er stand von seinem Schreibtisch auf, ging in die Küche und nahm sich aus dem Kühlschrank ein kaltes Bier. Es regnete leicht, deshalb fuhr er auf der Terrasse die Markise ein Stück aus und setzte sich darunter. Er sah in den Garten, auf die Büsche und den Rasen und genoss wieder einmal die Stille. Keine Rufe aus dem Haus, keine Mahnung, endlich zum Essen zu kommen, kein Geplärre von Hanna, nur Ruhe. Würde das so bleiben, lange? Wollte er das, ohne die beiden leben? Er nahm einen kräftigen Schluck aus der Flasche und ärgerte sich, ärgerte sich darüber, dass diese Gedanken seine Ruhe störten. Ja, es würde wieder anders werden, mit Hanna und Lisa oder ohne sie, in diesem Haus oder in einer kleinen Wohnung. Aber nicht jetzt, nicht heute Abend.

„Mein Gott, wie siehst du denn aus?" Jochen rümpfte die Nase. „Hast du gesoffen? Du trägst ja noch die gleichen Klamotten wie gestern."

Thomas atmete tief durch, ihm war schwindelig und sein Magen schmerzte. Ja, er war im Gartenstuhl eingeschlafen und erst heute Morgen wieder wachgeworden. „Mir geht es tatsächlich nicht ganz so gut, ich habe ..."

„Mir egal, ich bringe dich jetzt nach Hause, die Kollegen gucken schon." Damit schnappte er Thomas am Arm und zog ihn zur Tür. Auf dem Hof drängte er ihn zur Beifahrerseite seines Autos. Noch bevor er den Motor startete, schaute er Thomas eindringlich an.

„Was ist los mit dir? Nicht nur, dass du völlig verkatert hier auftauchst, du vernachlässigst schon seit Tagen deine Arbeit. Wo sind deine Ergebnisse, was hast du herausgefunden?"

„Ja, ich weiß", flüsterte Thomas, „es ist nur so, Lisa ist weg, seit ein paar Tagen."

„Ihr habt euch getrennt? Auf Dauer oder erst einmal?" Dabei ließ er den Motor an.

„Sie ist einfach gegangen, zu einer Freundin, mit Hanna. Ich weiß nicht, was sie plant, ich habe sie seitdem nicht mehr gesprochen."

„Und lässt stattdessen die Sau raus", schüttelte Jochen den Kopf, „aus Kummer oder weil du deine Freiheit genießt?"

„Wenn ich ehrlich bin, beides. Es tut einfach gut, mal wieder alleine zu sein, obwohl ich sie vermisse, vor allem Lisa. Hanna hat zur Zeit so schwer Pubertät, dass ich mir manchmal schon gewünscht habe, sie würde abhauen, eine Zeit lang."

„Was willst du jetzt machen?" Jochens Stimme klang mitfühlend, nicht anklagend. „Wann willst du sie anrufen, wie lange willst du warten? Oder gehst du davon aus, dass sie den ersten Schritt macht?"

„Ich weiß überhaupt nicht, wie es so weit gekommen ist", schüttelte Thomas den Kopf und fuchtelte mit den Händen, „ich bin zwar viel in der Redaktion, aber ich habe mich doch nicht so verändert, ich bin doch so wie früher."

„Auch wenn es eine Plattitüde ist, wir alle verändern uns und viele Veränderungen werden uns nicht bewusst. Erst an einem Punkt, an dem sich manches aufgestaut hat. Ist Lisa berufstätig?"

„Nein, sie kümmert sich um Hanna und das Haus, arbeitet ehrenamtlich bei irgendwelchen Gruppen."

Jochen startete den Wagen und fuhr los. „Vielleicht wäre es ein Anfang, wenn du wüsstest, in welchen Gruppen sie mitarbeitet. Und was sie dort macht. Unternehmt ihr noch gemeinsam etwas?"

Thomas schwieg eine Weile, bevor er lautlos den Kopf schüttelte.

„Du nimmst dir heute frei, geh spazieren, ruf Lisa an oder was auch immer. Halte die Finger vom Alkohol, und morgen kommst du wieder zur Arbeit und recherchierst. Geh zu den Freunden und Arbeitskollegen von diesem Mehmet, sprich noch mal mit Anna Merzen, versuche etwas übers Internet herauszufinden, in den sozialen Netzwerken, leg dir ein falsches Profil an und gib dich als Freund aus, der ihn lange nicht gesehen hat, du weißt doch, wie so etwas geht." Dabei bremste er den Wagen vor Thomas Haus ab. „Und morgen um neun hole ich dich ab, fit und gepflegt, bitte. Tschüss, Thomas."

„Das überrascht mich nicht." Anna Merzen blieb gefasst, fast stoisch. Auch wenn Lars nicht damit gerechnet hatte, dass sie weinend zusammenbricht, überraschte ihn ihre Kälte.

„Sie haben mit einer solchen Situation gerechnet? Welchen Anlass hatten Sie dafür?"

„Ich habe nicht gesagt, dass ich damit gerechnet habe, aber es überrascht mich nicht. Und ich bin meinem Mann dankbar, dass er diesen Schmutz von unserem Haus ferngehalten hat. Er war sehr einflussreich und wohlhabend, da liegt es nahe, dass sich gewisse Personen an ihm bereichern wollten. Ich habe Ihnen noch eine Mappe mit Kopien zusammengestellt, damit sie sich ein noch besseres Bild von ihm machen können. Vielleicht hilft es bei ihren Ermittlungen, die sicher noch nicht erfolgreich waren. Guten Tag."

Lars und Sabrina standen auf, der Rauswurf hatte gesessen. „Kalt wie eine Hundeschnauze", versuchte Lars gar nicht, seine Wut zu unterdrücken, „was erwartet die denn, dass wir einen unbekannten Täter nach zwei Tagen ermitteln? Ohne Spuren, ohne Hinweise?"

„Reg dich ab, lass uns die Mappe durchsehen, am besten bei einem leckeren Kaffee, ich lade dich ein. Also, wohin?"

„*Bahnsteig 42*? Da war ich noch nicht", seufzte er.

„Lass dich von der alten Schachtel nicht entmutigen, also los. Übrigens habe ich etwas über diesen Jürgen Jansen herausgefunden. Habe ich dir schon gesagt, dass der Mann auch Jäger ist, wie Friedhelm Merzen? Hat in Bochum ausgiebig Jura studiert, in einer Kanzlei begonnen und dann bei der Stadt seine Verwaltungslaufbahn angefangen. Er wohnt in Wermingsen, in der Schulstraße, allein, weder verheiratet noch geschieden, siebenundvierzig Jahre alt."

„Also ziemlich unauffällig. Hast du seine Nummer?"

Sabrina nickte. „Ich rufe ihn nachher an und mache einen Termin. Vielleicht kann er uns weiterhelfen."

Sie nahmen an einem Tisch Platz, der am Rand stand, die Abtrennung zum Bahnsteig schützte sie vor ungebetenen Zuhörern. Noch bevor sie die Bestellung aufgaben, öffnete Sabrina die blaue Mappe und breitete die Dokumente auf dem kleinen Bistrotisch aus. Wortlos reichte sie die Hälfte der Kopien Lars, der sie ansah.

„Es sind fast alles Zeitungsartikel, aus der Verbandszeitschrift der Metaller oder der öffentlichen Verwaltung."

„Ja, sieht ein bisschen aus wie eine Huldigung an ihren Mann, den untreuen Göttergatten. Hier, schau mal, das sind gleich drei längere Artikel aus unserer Tageszeitung, der *Stadtanzeiger*. Geführt hat sie ein Thomas Wendtner, ein Redakteur. Meinst du, wir sollten mal mit dem sprechen? Vielleicht kann er uns über den Merzen etwas mehr erzählen, als in den Artikeln steht."

„Wendtner? Moment mal, der Name kommt mir bekannt vor, da war doch was." Als ob er dadurch besser denken könnte, fasste er sich mit drei Fingern ans Kinn. „Richtig, der hatte Anzeige erstattet, wegen Ruhestörung, und zwar gegen Mehmet Kurum, zwei Tage vor seinem Tod."

„Dann sollten wir mit Sicherheit mit ihm sprechen", nickte Sabrina, „die erste Verbindung zwischen den beiden Opfern, und damit ein erster Verdächtiger."

„Ja", seufzte Lars und lehnte sich zurück, „aber muss es ausgerechnet ein Journalist sein?"

6

Er tat jeden Tag das Gleiche. Auch heute wieder machte er als Erstes einen Besuch zu einem Geburtstag, dafür hatte er seine rote Krawatte angelegt. Gleich, im Auto, würde er wechseln, die schwarze anlegen, weil er zu einer Beerdigung fuhr. Gottes Handwerk war Routine, mehr nicht. Ein sympathischer Mann, kurze dunkle Haare, eine modische abgerundete Brille, schlank, mit wachen Augen und einem warmen Lächeln. Er mochte ihn, er tat Gutes, er war nett zu den Menschen, vor allem zu den alten Leuten. Geduldig hörte er ihnen zu, sprach mit ihnen, tröstete sie auf Beerdigungen. Er würde ihn bestrafen. Er musste es, er hatte es verdient, er hatte schwere Schuld auf sich geladen. Nicht heute, es war zu früh. Konnte er das? Die anderen waren kein Problem gewesen, sie waren schuldig. Der Pfarrer war auch schuldig, kein Zweifel. Aber er war Pfarrer. Er trug einen schwarzen Anzug mit einem silbernen Kreuz am Revers. Hatte er Angst, einen Geistlichen zu töten? Es fühlte sich anders an, warum? Die Rache Gottes? Den gab es nicht, das hatte Gott selbst bewiesen, durch seine Handlungen, wieder und wieder. War doch noch ein Rest Gutes in diesem Menschen, das er mit ihm für immer beseitigen würde? Der Zweifel ließ ihn zögern, das zu tun, was getan werden musste. Er würde einen Weg finden.

„Herr Wendtner, es ist nett, dass Sie unserer Einladung zu diesem Gespräch zeitnah folgen konnten, bitte nehmen Sie Platz."

Sabrina beobachtete Lars dabei, wie er den Mann zum Tisch in ihrem Büro führte. Eine unscheinbare Figur, dieser Journalist, schlank, mit einer hellen Hose und einem farblich passenden Jackett bekleidet, darunter ein weißes Hemd. Seine Augen hinter den rundlichen Brillengläsern verrieten seine Anspannung. Sie hatte ihm nicht gesagt, worum es ging. Aber er ging in die Offensive.

„Ich nehme an, es handelt sich nicht um ein Hintergrundgespräch, Herr Krenk."

„Das ist richtig, wir hoffen, Sie können uns bei den beiden Tötungsdelikten helfen, Herr Wendtner."

Thomas lehnte sich im Besucherstuhl zurück, legte den linken Unterarm auf den Besprechungstisch und blickte sein Gegenüber aufmerksam an. „Jetzt machen Sie mich aber neugierig, wie sollte ich das können?"

„Wir machen Sie darauf aufmerksam, dass Sie als Zeuge hier sind", mischte sich Sabrina ein.

„Dann steht mir als Journalist das Aussageverweigerungsrecht zu", zog sich Thomas zurück.

„Nicht in diesem Fall, Herr Wendtner, es handelt sich um Mord, da greift das Recht nicht. Und wir müssen Sie darauf hinweisen, dass Sie alles, was heute besprochen wird, redaktionell nicht verwerten dürfen. Aber eigentlich sind es nur einige harmlose Fragen", versuchte Sabrina lächelnd zu beschwichtigen, „wahrscheinlich Zufälle, über die wir uns Gedanken machen. Sie kannten Herrn Merzen?"

„Ja, ich habe einige Artikel über ihn geschrieben und ausführliche Gespräche geführt, in seiner Eigenschaft als Verwaltungsvorstand und Unternehmer."

„Wie würden Sie ihn beschreiben, charakterlich?", fragte Lars, der beobachtete, wie dieser Wendtner nervös an seinem Ehering drehte.

„Zielstrebig, das ist das Adjektiv, das mir als Erstes einfällt, auch durchsetzungsstark. Bei unseren Gesprächen wirkte er zunächst sehr zurückhaltend, später taute er etwas auf, hielt bei aller Freundlichkeit eine gewisse Distanz. Auf persönliche Fragen reagierte er abweisend, sagte nur das, was ohnehin alle wussten, mehr ließ er nicht raus."

„Wann haben Sie ihn zuletzt gesprochen?"

Thomas Wendtner dachte einen Moment nach, schaute auf den Boden. „Das müsste bei unserem letzten längeren Gespräch gewesen sein, das ist schon eine Zeit her."

„Der Artikel mit dem Gespräch ist vor etwa einem halben Jahr erschienen", half ihm Lars weiter.

„Dann war das einige Wochen zuvor, wir hatten die Veröffentlichung für den Sommer, die Saure-Gurken-Zeit, geplant."

„Danach hatten Sie keinen Kontakt mit ihm?"

„Keinen persönlichen, ich habe ihn wie viele andere noch auf ein, zwei Empfängen getroffen, etwas Small Talk, mehr nicht."

„Welche Beziehung hatten Sie zu Mehmet Kurum?", wechselte Sabrina die Person.

„Zu wem? Der Name sagt mir nichts." Hilfesuchend blickte Thomas abwechselnd zu Lars und Sabrina.

„Der Name sagt Ihnen nichts? Das ist merkwürdig. Sie haben ihn angezeigt, wegen Ruhestörung und Belästigung, wissen Sie das nicht mehr?"

„Ach, der ist das? Der Name sagt mir trotzdem nichts, als ich die Anzeige aufgegeben habe, habe ich nur das Kennzeichen des Wagens genannt und den Fahrer beschrieben, woher sollte ich den kennen?"

„Wie kommt dann Ihre Nummer in sein Handy?" Wartend sah Lars den verunsicherten Journalisten an.

„Meine Nummer? Das weiß ich nicht, wo der die herhat", wunderte sich Thomas, „aus der Redaktion nicht, wir geben keine privaten Nummern raus."

„Dann haben Sie sie ihm selbst gegeben." Verständnislos blickte Thomas Sabrina an.

„Sie haben über ihn geschrieben, vor drei Jahren. Wir haben den Artikel rausgesucht, es ging um einen Rap-Wettbewerb in einem Jugendheim. Sie haben darüber berichtet, auch über Mehmet Kurum. Ihre Darstellung seines Auftritts war wenig positiv, freundlich formuliert. Man könnte es auch einen

Verriss nennen." Sabrina und Lars sahen den Mann an, der vor ihnen saß und zu verstehen versuchte.

„Das ... das ist so lange her, das weiß ich gar nicht mehr. Und schon gar nicht, dass dieser Pseudo-Rapper derjenige ist, der mich vor meinem Haus belästigt hat."

„Und jetzt tot ist. Bitte halten Sie sich zu unserer Verfügung, guten Tag."

Thomas verließ wie betäubt das Präsidium, ahnte nur, in welche Situation er geraten war. Aus dem Berichterstatter war ein möglicher Täter geworden, ein Mörder. Wie sollte er das Jochen erklären? Und Lisa? Wenn sie überhaupt noch etwas von ihm wissen wollte. Auf dem Parkplatz lehnte er sich an sein Auto, atmete tief und zwang sich zur Ruhe. Es würde sich herumsprechen und Lisa durfte es auf keinen Fall von irgendwem erfahren, zufällig. Er musste es ihr erklären, jetzt, persönlich. Thomas setzte sich hinters Steuer und startete den Skoda, er wusste, wo Sarah wohnte, er kannte den alten Bauernhof. Sie waren schon einmal gemeinsam bei ihr gewesen, zu einem Geburtstag. Sarah hatte sich keine Mühe gegeben, ihre Missachtung, nein, Verachtung ihm gegenüber zu verbergen.

Er fuhr los, in einer knappen Viertelstunde konnte er dort sein. Unterwegs trommelte er mit den Fingern aufs Lenkrad, schaltete das Radio ein und wieder aus. Den beiden Beamten musste doch klar sein, dass er bei beiden Opfern kein Motiv hatte sie umzubringen, auch wenn er sie kannte. Dass sie ihn bei diesem Mehmet

Kurum auf dem falschen Fuß erwischt hatten, war dumm, ließ ihn in keinem guten Licht erscheinen. Er hatte den Typen schlicht und einfach vergessen. Zumindest wusste er jetzt, warum der ihn mit seinem Auto, den obszönen Gesten und der lauten Musik provoziert hatte.

Er parkte seinen Wagen direkt am Grundstück, hinter einer hohen Hecke. Er hörte Hanna lachen, und es schmerzte ihn, als er langsam zu dem Tor ging, von dem man auf den Hof sehen konnte. Musste sie jetzt nicht in der Schule sein? Egal, er würde darüber hinwegsehen, wenn Lisa mit Hanna zu ihm zurückkam. Und das würde sie, Lisa wusste, dass er kein Mörder, kein gewalttätiger Mensch war. Sie würde ihn in seinem Kampf unterstützen, ihm zur Seite stehen, ganz sicher. Langsam bewegte er sich an der Hecke entlang, wollte nicht gesehen werden, näherte sich vorsichtig dem Tor. Dann sah er sie, Lisa und Sarah. Sie sprachen miteinander, hielten sich an den Händen, lächelten sich an, wie gute Freundinnen. Er sah, wie sie sich umarmten, mit den Händen ihre Wangen streichelten. Dann küssten sie sich. Lange und intensiv, so wie er Lisa geküsst hatte, bevor sie miteinander schliefen.

7

„Die Überprüfung der Telefonnummern ist abgeschlossen, es sind hauptsächlich seine Familie und seine Freunde, mit denen er ständig in der Shisha-Bar herumhing. Eine Nummer muss ich noch überprüfen, es hat sich niemand gemeldet. Neben Thomas Wendtner ist noch ein weiterer Eintrag interessant, dieser hier." Lars reichte Sabrina den Ausdruck mit der Rufnummer und dem dazugehörigen Namen.

„Kemal Yildiz? Sagt mir nichts."

„Mir auch nicht, aber er ist aktenkundig, ein kleiner Dealer, Hasch, gefälschter Tabak und Ecstasy. Dem sollten wir auf die Finger klopfen."

„Meinst du, Mehmet Kurum hat so seinen Audi finanziert?"

„Durch seine Arbeit nicht, und auf seinem Konto tauchen in unregelmäßigen Abständen Bareinzahlungen auf. Von seiner Familie wusste angeblich niemand, woher das Geld stammte."

„Gut, dann lade ich ihn vor."

„Ich spreche erst noch mit seinem Bewährungshelfer, der kann seinem Klienten schon mal beibringen, was es für ihn bedeutet, wenn er nicht mit uns kooperiert."

„Alles klar, dann zieh die Daumenschrauben an."

Kemal Yildiz drückte seinem Kumpel ein kleines Tütchen mit dem Stoff in die Hand, der ihn für eine Weile glücklich machen würde. Sie nickten sich schweigend zu und verließen den Platz an der Kirche, getrennt, mit Verzögerung. Das Geld hatte er vorher bekommen, seine Kunden wussten, dass sie sich auf ihn verlassen konnten. Er ging die Treppe hinunter und durch den kleinen Park zu seiner Wohnung im Wiesengrund. Zuerst ging er in seinen Keller und versteckte das Geld dort im Rahmen seines alten Fahrrads. Er verschloss die Holztür sorgfältig, dann ging er hinauf in seine kleine Wohnung. Sein Handy schellte. Scheiße, sein Bewährungshelfer, was wollte der denn von ihm? Eine neue Maßnahme des Jobcenters aufs Auge drücken, wieder ein Bewerbungstraining? Er meldete sich, freundlich und fröhlich. Das änderte sich, als er das Gespräch beendete. Verdammt, was wollten die Bullen von ihm? War jemand erwischt worden und hatte ihn verpfiffen? Möglich, wenn auch unwahrscheinlich, das war noch nie vorgekommen. Warum hatte der Sozialarbeiter nicht den Grund genannt, dann hätte er sich vorbereiten können. Drei Monate dauerte seine Bewährung noch, in dieser Zeit durfte nichts passieren. Es würde eine unruhige Nacht werden.

Er kniete einen Moment vor dem Altar, bekreuzigte sich und verließ die kühle Kirche. Dabei dachte er an die Beerdigung am Vormittag, sie hing ihm nach. Meistens war die Trauer das überwältigende, vorherrschende Gefühl, wenn es galt, von einem lieben Menschen, einem Familienmitglied Abschied zu nehmen. Das war heute anders gewesen. Zwischen den Trauergästen lag die gleiche Kühle wie in seiner Kirche, niemand hatte geweint, niemand hatte einen anderen in den Arm genommen. Und nachdem der Sarg heruntergelassen wurde, gingen sie auseinander, schweigend und in unterschiedliche Richtungen. Eine traurige Beerdigung.

Martin Bender setzte sich in seinen schwarzen Golf und fuhr zu dem Treffpunkt, den ihm der Mann vorgeschlagen hatte. Würde noch einmal Bewegung in die alte Sache kommen, jetzt, nach vielen Jahren? Der Mann hatte vertrauenswürdig geklungen, auch wenn er allgemein von wichtigen Informationen gesprochen hatte. Oder ging es um ihn? Nein, das war erledigt, keiner Rede mehr wert.

An der Landstraße, kurz vor dem Treffpunkt, hielt er an. Zweifel quälten ihn. Sollte er abbrechen, zurückfahren? Er wollte nur Ruhe, vergessen. Würde ihn dieses Treffen wieder aufwühlen, Sachen nach oben spülen, die er gern vergessen wollte, für immer? Er stieg ein und fuhr los, das letzte Stück, dann würde er Gewissheit haben.

Thomas stand schon um sechs Uhr auf. Nach einem Becher Kaffee und einem kleinen Frühstück schickte er Jochen eine Nachricht, dass er zu Fuß gehen würde. Er brauchte Bewegung, musste nachdenken, über Merzen und den toten Möchtegern-Rapper. Nicht über Lisa, die hatte er verloren. Sie hatte ihn nie spüren lassen, dass sie auf Frauen stand, vielleicht auch auf Frauen. Aber es war so, da brauchte es kein Gespräch mehr. Was jetzt zählte, war seine Story, die beiden Morde, Ergebnisse. Er ging die breite steinerne Treppe zur ersten Etage hinauf und dort in sein Büro. Wie erwartet war er der Erste. Ohne Kaffee zu machen, fuhr er den Rechner hoch und machte sich an die Arbeit. Zum Auftakt schrieb er dem Pressesprecher der Polizei eine Mail mit einigen Fragen zu den Fällen Merzen und Kurum. Warum wird der Fundort von Merzen immer noch nicht angegeben? Warum nur lapidar von der Todesursache Ersticken durch Fremdeinwirkung gesprochen ohne weitere Erläuterungen? Warum wurde der Name des zweiten Opfers zurückgehalten? Beschrieben wurde er von den Ermittlern wie ein Türke oder Araber. Hatten sie Angst, als Fremdenfeinde oder gar Rassisten zu erscheinen? Auch wenn sich Thomas die Antworten auf seine Fragen denken konnte, *aus ermittlungstaktischen Gründen* und so weiter, ein wenig Druck konnte er vielleicht machen. Dann lehnte er sich zurück und überlegte sich ein Profil für seinen Fake-Account. Wer konnte hinter dem Unbekannten stecken? War es ihm tatsächlich egal, was die Leute glaubten oder machten? Ein Psychopath? Wie konnte er ihn erreichen? Thomas stand auf und ging zwischen den Schreibtischen auf und ab. Er musste den Schreiber dieser Postings aus der Reserve locken, ihn provozieren. Er blieb stehen und lächelte, leicht und erfreut. Natürlich, das älteste Mittel der Welt. Um ihn aus der Reserve zu locken, musste er sich zu erkennen geben, nicht im Netz, im wahren Leben. Plötzlich war ihm klar, wie er sein Ziel erreichte, wie er ihn herausfordern konnte. Er ging zurück zu seinem Schreibtisch und rief in der EDV an. Sie mussten ihm helfen.

„Warum hast du mich angelogen, die ganzen Jahre? Wenn ich dich gefragt habe, wer mein Vater ist? Du hast immer gesagt, eine flüchtige Bekanntschaft, jemand, den du auf einer Party kennengelernt hast, warum, verdammt noch mal, warum?" Jens schrie seine Mutter an, ballte die Fäuste, das Gesicht wutverzerrt. „Wieso hast du mir nie gesagt, dass es dein Chef ist? Dass dein Chef mein Vater ist? Was war Gott verdammt daran so schwer, warum hast du nichts gesagt?"

Renate Brucker schwieg einen Moment, bevor sie antwortete, flüsterte. „Er wollte es nicht."

„Er wollte es nicht? Er wollte es nicht, sagst du?", flüsterte Jens. „So, wie er mich nicht wollte, weil ich gestört habe? Beim Vögeln? Das war alles, was er wollte, seine kleine Arbeiterin vögeln, da stört so ein scheiß Kind. Warum hast du mich nicht abgetrieben? Wäre ihm das zu teuer gewesen oder was?"

„Ich … ich liebe dich, Jens. Ich habe dich gewollt. Es stimmt, er wollte, dass ich abtreibe, aber das kam für mich nicht in Frage. Ich habe mich auf dich gefreut, ich wollte dich, habe dich geliebt, liebe dich immer noch, das musst du mir glauben, bitte."

Die Tränen seiner Mutter, das Flehen in ihrer Stimme ließen ihn schweigen. Schwer atmend blieb er stehen, liebte sie, verachtete sie. „Das Schwein soll bluten, seine Frau soll bluten, ich will die Kohle von dem Kerl. Ich bin sein Sohn, verdammt noch mal, ich will auch reich sein, ich will alles zurück." Dann drehte er sich um, riss die Tür auf und stürmte hinaus, in den Treppenflur, wo er die neugierige Nachbarin zur Seite stieß und die Treppe hinunterrannte, raus, nur raus hier. Renate blieb in der kleinen Küche stehen, schlang die Arme noch fester um sich und weinte still. Er hatte recht, Friedhelm hatte recht, sie hatte recht.

Jens Brucker versteckte sich hinter den Bäumen, die zwischen dem Feld und der Villa der Familie Merzen standen. Staunend sah er auf das weiße prächtige Haus, diesen flachen Bau mit der Doppelgarage, die einen direkten Zugang ins Haus bot, die breite, mit weißem Kies gedeckte Auffahrt, den Rasen, gepflegt wie ein Golfplatz, die wenigen akkurat gestutzten Büsche – und in diesem Palast wohnte nur ein Mensch? Die Frau von seinem Vater, die nicht seine Mutter ist? Er spürte, wie Wut in ihm aufstieg, Wut auf seinen toten Vater. Das alles hatte er ihm verweigert, ihm, seinen einzigen Sohn. Er musste in diesem Loch hausen, mit seiner Mutter auf engstem Raum, die Waschmaschine in der Küche und dem Lärm von den ständig betrunkenen Nachbarn, mitten in der Stadt. Warum hatte sie ihm das nie gesagt? Langsam ging er zurück, zu seinem alten Auto, das er seit einem halben Jahr hatte. Er stieg ein und blieb sitzen, dachte nach. Die Polizei wusste von ihm, dem Fehltritt, von seinem Vater. Sicher wollten sie mit ihm sprechen, wissen, wie er zu ihm stand, ob er wütend auf ihn war, ob er ihn umgebracht hatte. Verdammt, was sollte er jetzt machen? Er nahm sein Handy aus der Tasche und rief seinen Freund Florian an.

„Hi, Flori, was geht? Hast du einen Moment Zeit? Alles klar, ich komme." Er startete den alten Polo und fuhr los, nach Kalthof, nur wenige Kilometer.

„Bitte nehmen Sie Platz, Herr Yildiz."

Nervös setzte sich Kemal an den schmucklosen Tisch im Verhörraum, der ihm so vertraut schien. Vorsichtig betrachtete er die Polizisten, lange hatte er in der Nacht überlegt, was er sagen konnte, was er sagen musste. Er durfte seine Bewährung nicht aufs Spiel setzen, auf keinen Fall.

„Herr Yildiz, Sie kannten Mehmet Kurum, das wissen wir. Ihre Nummer ist in seinem Handy gespeichert, und Sie haben öfter miteinander telefoniert, manchmal mehrmals in der Woche, auch das können wir nachweisen. Worum ging es in diesen Gesprächen?"

Unsicher lächelte Kemal und sah die Frau an. „Wir waren Freunde, also nicht so eng, mehr Kumpels und haben uns miteinander verabredet, das war eigentlich alles."

„In ihren Gesprächen ging es nicht auch um Drogen? Sie sind vorbestraft, Herr Yildiz, wegen des

Handels mit Kokain, Amphetaminen, Marihuana und anderen Wirkstoffen."

„Damit habe ich nichts mehr zu tun, ehrlich, ich schwöre", gestikulierte er mit den Händen und erhobener Stimme. „Ich habe aufgehört damit, das müssen Sie mir glauben."

„Sie beziehen Leistungen vom Jobcenter, ihre Eltern sind in die Türkei zurückgekehrt, ist das richtig?"

Der junge Mann nickte. „Ja, wegen der Familie. Sie arbeiten dort beide, meine Großeltern und die anderen Verwandten kümmern sich in der Zeit um meine kleine Schwester. Sie ist krank und braucht viel Hilfe."

„Woran leidet ihre Schwester?" Sabrina beugte sich vor und stützte sich mit den Unterarmen auf dem Tisch ab. „Sehen Sie sie ab und zu?"

„Das ist schwierig", antwortete Kemal leise, „die Flüge sind teuer, ich komme nur selten nach Istanbul. Aber ich spreche oft mit ihr, sie hat Muskelschwund. Dabei ist sie noch so jung, erst fünfzehn, was für eine grausame Strafe."

„Das ist sicher schwer für Sie, Herr Yildiz", schaltete sich Lars ein und fragte sich, warum die Krankheit eine Strafe sein sollte, „trotzdem, kommen wir zurück zu den Drogen. Haben Sie Herrn Kurum Drogen verkauft oder ihm beim Verkauf geholfen?"

Langsam nickte Kemal Yildiz. „Ja, ich habe ihn mit Marihuana und Pillen versorgt, ihn und andere, dafür bin ich verurteilt worden. Danach habe ich es nicht mehr gemacht, glauben Sie mir. Er hat mich noch weiter angerufen, aber ehrlich, ich habe ihm nichts mehr verkauft, ich schwöre."

„Die Mengen, die Sie ihm verkauft haben, war das nur für seinen Eigenbedarf?"

Kemal schüttelte langsam den Kopf. „Dafür war es zu viel. Er hat auch etwas davon geraucht, aber das meiste hat er weiterverkauft. An wen, weiß ich nicht, wirklich nicht, ich kenne die Leute nicht und will auch nichts mehr mit ihnen zu tun haben."

„Wusste jemand in seiner Familie davon?" Obwohl Sabrina die Antwort kannte, musste sie die Frage stellen.

„Nein, sein Vater hätte ihn umgebracht, wenn er Schande über die Familie gebracht hätte."

Das hat ja jetzt ein anderer gemacht, dachte Lars. „Herr Yildiz, wir danken Ihnen für ihre Kooperation, Sie können gehen."

Unsicher stand der auf. „Bitte sagen Sie nichts davon meinem Bewährungshelfer, ich habe seit meiner Verurteilung nichts mehr gemacht, ganz sicher."

„Herr Yildiz, wir ermitteln in einem Tötungsdelikt", stellte Lars klar, „fällt Ihnen jemand ein, der Grund oder Wut genug hatte, um Mehmet Kurum umzubringen?"

„Nein, nein", wehrte der ab und wedelte mit den Händen, „bei uns ging es nur um etwas Dope, kleine

Mengen, nein, davon weiß ich nichts und will damit auch nichts zu tun haben."

Sabrina und Lars verließen den Raum und gingen in ihr Büro.

„Meinst du, der ist tatsächlich sauber?"

„Glaube ich nicht", antwortete Lars, ohne zu überlegen und schenkte ihnen zwei Kaffee ein, „der Junge ist alleine hier, seine Freunde nicht ganz sauber und bekommt wahrscheinlich von einigen Kunden Druck zu liefern. Was solls, ein kleiner Dealer, mehr nicht."

„Der zudem sicher unter einem großen Druck steht", murmelte Sabrina.

„Großer Druck? Was meinst du damit?"

„Gut möglich, dass er jeden Monat Geld an seine Familie überweisen muss. Viele traditionelle Familien erwarten das von ihrem ältesten Sohn, das hat mir eine Kollegin vom Rauschgift erzählt."
„Wir haben sein Konto geprüft, da waren keine ungewöhnlichen Überweisungen."

„Sagt dir der Begriff Hawala was? Das ist ein illegales, aber gut funktionierendes Zahlungssystem im Mittleren und Vorderen Orient, davon bekommen wir gar nichts mit. Nein, Lars, dieser Kemal ist weder unschuldig noch frei in seinen Handlungen, der ist eine arme Sau."

„Bevor du jetzt zur Sozialarbeiterin mutierst, was machen wir mit diesem Journalisten? Ganz koscher scheint mir der auch nicht zu sein."

„Und hat Probleme. Ich habe gestern seine Frau angerufen, weil ich wissen wollte, ob er oder die Familie noch Kontakt zu Friedhelm Merzen hat. Sie hat mir erstaunlich offen gesagt, dass sie seit einigen Tagen nicht mehr bei ihm wohne, sie sei zu einer Freundin gezogen."

„Da scheint ja die Hütte zu brennen. Und, haben sie Kontakt zu Merzen?"

„Sie nicht, sagt sie, was ihr Mann treibe, wisse sie schon seit längerer Zeit nicht."

„Den müssen wir im Auge behalten, instabile Lebenslage, Scheidung, Sorge um den Job."

„Sorge um den Job? Woher hast du das?"

„Hat mir Hanno erzählt, der kennt den Redaktionsleiter, die sind zusammen zur Schule gegangen. Die Auflage geht, wie bei so vielen Zeitungen, ständig zurück, Kündigungen wären nicht ausgeschlossen. Er hat keine Namen genannt, aber ..."

„... die älteren und damit teuren Mitarbeiter sind zuerst dran. Wir beobachten ihn. Ach, und eine Nachricht habe ich noch. Ich hatte dir doch von der unbekannten Nummer auf Mehmet Kurums Handy erzählt. Ich weiß jetzt, zu wem sie gehört", lächelte sie Lars an.

„Spann mich nicht auf die Folter. Ist es jemand, den ich kenne?"

„Die Nummer taucht mehrmals auf Kurums Handy auf. Und sie gehört Jürgen Jansen."

Der Nächste wartet schon. Bald werde ich ihn präsentieren, ihn euch zeigen. Nicht mehr lange.

Thomas starrte auf den Bildschirm. Es war Revenge Boy, der nach längerer Zeit wieder etwas im Netz schrieb. Was kündigte er an? Den nächsten Mord, das nächste Opfer? Thomas meldete sich unter seinem neuen Account, den ihm der Administrator aus der Zentrale angelegt hatte, und antwortete.

Ich werde schneller sein als du.

Mehr nicht. Keine Reaktion. Er wartete. Griff zu seinem kalten Krombacher, lehnte sich zurück, schaute in den Garten und wartete. Aber Revenge Boy meldete sich nicht. Thomas schaute auf den Laptop, lächelte. Er hatte ihn herausgefordert. Er würde, er musste reagieren. Er wartete.

„Nein, das kommt so auf keinen Fall ins Blatt. Mensch, Thomas, hast du denn alle Regeln vergessen? Wir sind nicht die *Bild*, solche Mutmaßungen und Spekulationen werden nicht gedruckt. Du hast doch keine Beweise, kein Material, keine Quelle, nur irgendwelchen Unsinn, den ein geltungssüchtiger Vollpfosten im Internet schreibt. Seit wann ist das unser Niveau?" Jochen drehte verärgert den Monitor um, auf den er mit dem Finger gezeigt hatte.

„Aber er kündigt tatsächlich einen dritten Mord an, und wir können das bringen."

„Das werden wir nicht, verdammt noch mal." Wütend sprang Jochen auf und begann, hin und her zu gehen. „Du bist doch kein Volontär, dem ich das erklären muss. Irgendwelche haltlosen Behauptungen in einem sozialen Netzwerk, das ist nicht die Basis journalistischer Arbeit. Hast du außer diesem Geschwurbel nichts zu bieten?"

Thomas schloss die Augen und spürte die Wut, die in ihm aufstieg. Nicht genug, dass Lisa die Scheidung forderte, jetzt wollte Jochen auch seine Geschichte nicht bringen. „Ich habe gleich noch ein Gespräch mit Anna Merzen. Auf meine Fragen an den Polizeipressesprecher kamen nur die üblichen Floskeln, nichts Neues." Er kam sich vor wie ein Schuljunge, der dem Lehrer Bericht erstattete.

„Immerhin, ein Gespräch. Versuche, ihr etwas zu entlocken, über ihren Mann, seine Geschäfte, das können wir bringen. Und nicht irgendwelche Spinnereien aus dem Netz. Thomas, da muss mehr von dir kommen, sonst kann ich dich nicht schützen, das weißt du."

Thomas verließ Jochens Büro und machte sich auf den Weg nach Sümmern. Auf der Baarstraße fluchte er, diese verdammte Baustelle. Seit wann zog sich die schon hin? War die nicht zeitlich völlig aus dem Ruder gelaufen? Er sprach eine Notiz auf sein Handy, darüber würde er noch einen Bericht bringen.

Anna Merzen rang sich tatsächlich ein Lächeln ab, als sie Thomas an der Haustür begrüßte. „Guten Tag, Herr Wendtner, bitte kommen Sie herein, den Weg kennen Sie ja noch. Ich dachte, wir nehmen auf der Terrasse Platz, ich habe ein kleines Frühstück vorbereiten lassen."

Thomas folgte ihr und freute sich, auf ordentliche Brötchen und frische Wurst, vielleicht gab es noch Häppchen von *Spetsmann*, das wäre die Krönung. Seit Lisa ihn verlassen hatte, beschränkte sich seine Ernährung auf Sachen, die er schnell und einfach zubereiten konnte. So langsam hing ihm die Tiefkühlkost zum Halse raus.

„Frau Merzen, wie geht es Ihnen?", fragte Thomas, nachdem er sein Handy auf den Tisch gelegt und die Aufnahme gestartet hatte. Lächelnd registrierte er, dass die erhofften süßen Häppchen auf ihn warteten.

„Seit dem Tod meines Mannes habe ich alle Hände voll zu tun, noch mehr als sonst. Ich bin in der Firma präsent, steuere zusammen mit dem Geschäftsführer das Unternehmen, versuche, seine ehrenamtlichen Aufgaben wahrzunehmen. Ich frage mich, wie er das alles geschafft hat, neben der zeitraubenden Arbeit in der Stadtverwaltung."

„Haben die Ermittlungen der Mordkommission zu Ergebnissen geführt, die Ihnen Hoffnung zur schnellen Aufklärung des Falles machen?"

„Nein", antwortete sie energisch, „die treten auf der Stelle, kommen nicht weiter. In ihrer Verzweiflung versuchen sie tatsächlich, meinen Mann mit einem getöteten jungen Ausländer in Zusammenhang zu bringen, völlig lächerlich, so etwas. Was soll mein Mann mit so einem zu tun haben, frage ich Sie?"

„Der junge Mann, um den es geht, war Deutscher, hier geboren und aufgewachsen. Hat die Polizei Gründe genannt, warum sie einen möglichen Zusammenhang sieht?"

„Ich nehme an, es ist der zeitliche Rahmen, in dem die Taten geschehen sind. Aber es ist völlig absurd, abstrus. Ich war empört, als sie mich nach dem jungen Mann fragten. Es ist schrecklich, was ihm passiert ist, aber das hat doch nichts mit meinem Mann zu tun."

Thomas griff zu einem Mettbrötchen, mit Salz und Pfeffer, ohne Zwiebeln, wie er es mochte. „Mehr konnten Ihnen die Beamten nicht mitteilen?"

„Nein", schnaubte sie verächtlich, „offenbar haben sie nicht die geringste Spur, nicht einen Hinweis auf den Täter. Aber ...", zögerte sie, und dieses Zögern ließ Thomas aufhorchen. Zögern war nicht das, wofür sie bekannt war. „Was gibt es noch?"

„Es ist etwas passiert, etwas, nun ja, das ich mit Ihnen besprechen möchte. Sie sind Journalist, Herr Wendtner, und ich hoffe, Sie können mich in einer PR-Frage beraten, gegen Honorar, natürlich. Allerdings, und das wäre meine Bedingung, müssten Sie diese Beratung stillschweigend vornehmen und streng von ihrer journalistischen Tätigkeit trennen. Ich habe ein Problem."

„Diese kleinen Arschlöcher!" Wütend stapfte Sabrina aus dem Vernehmungsraum ins Büro, hinter ihr Lars, der Mühe hatte, Schritt zu halten.

„Die werden künftig brav sein, so wie du die beiden rundgemacht hast", grinste er. „Trink dir erst einmal einen Kaffee." Er schloss die Bürotür, schüttete seiner Kollegin einen Becher ein und stellte ihn auf ihren Schreibtisch. Lars sah, dass sie noch völlig aufgewühlt war, ihre Hände zu Fäusten ballte und schwer atmete.

„Was regst du dich so auf, ich meine, wir haben schon viel schlimmere, niederträchtige Typen erlebt als die beiden. Sie haben sich keine Gedanken gemacht, wollten glänzen, aber sie haben nichts Böses getan."

„Nichts Böses?", fauchte sie ihn an. „Die haben die Nachricht vom Tod der beiden Menschen einfach in dieses soziale Netzwerk gepostet, mit Fotos, das ist absolut widerlich."

„Und strafbar", ergänzte Lars.

„Und wenn du nicht gewesen wärst, hätte ich diese Typen auch angezeigt."

„Man sieht sich im Leben immer zweimal, wir werden den beiden bei Einsätzen noch öfter begegnen, Sabrina."

„Aber stell dir doch vor, wenn Angehörige diese Bilder gesehen hätten, durchs Internet erfahren hätten, dass ihr Mann, ihr Bruder oder Onkel tot sind. Das ist doch der Horror."

„Natürlich sollten Rettungssanitäter so etwas nicht machen, die nicht und andere auch nicht. Aber das ist eben der Geist der Zeit."

„Dann ist der Geist der Zeit scheiße. Absolut geschmacklos, so etwas."

„Hätten wir früher anders gehandelt, wenn wir die heutigen Möglichkeiten gehabt hätten? Wir haben doch auch angegeben, mit dem, was wir hatten oder konnten."

„Aber wir haben nicht das Leid anderer Menschen benutzt, um uns darzustellen, das ist etwas ganz Anderes", funkelte sie ihn an.

Was war mit der friedfertigen, manchmal niedergeschlagenen Sabrina los? So kannte er sie nicht, hatte sie noch nie so erlebt. Es waren doch nur zwei Rettungssanitäter, die sich mit ihren Fotos auf Instagram profiliert hatten, mehr nicht.

„Es ist einfach so unfassbar dumm. Haben die Leute denn gar kein Mitgefühl mehr? Denken sie nicht darüber nach? Es ist doch einerlei, ob diese Typen Fotos von Mordopfern hochladen oder andere an einer

Unfallstelle gaffen und Fotos machen. Was ist mit den Leuten passiert, Lars?"

Sie schaute ihn an, müde, so unendlich müde. Und in diesem Moment fragte er sich, wann sie den Dienst quittieren würde. Er setzte sich neben sie und legte den Arm um ihre Schultern. Er hatte damit gerechnet, dass sie ihn deshalb fragend, merkwürdig ansehen würde, aber nichts dergleichen. Sie legte ihren Kopf auf seine Schulter. „Ich fürchte, die Menschen waren schon immer so. Vielleicht hat sich alles beschleunigt, zugespitzt, aber im Grunde genommen sind sie gleich. Wir achten nur viel mehr auf diese Leute, weil sie sich auffälliger präsentieren, lauter sind. Aber die meisten Menschen sind völlig normal, hilfsbereit, engagieren sich, bei der Freiwilligen Feuerwehr, im Umweltschutz, in Sportvereinen oder sonst wo. Unser Job bringt die Gefahr mit sich, einen Tunnelblick zu bekommen. Wir sehen täglich das Negative dieser Gesellschaft, das Schlechte. Sabrina, die beiden Jungs haben sich schlicht und einfach keine Gedanken gemacht, aber das werden sie zukünftig, dafür hast du gesorgt. Und jetzt mach Feierabend, fahr nach Hause, setz dich an deine Staffelei, aber grübel nicht über diesen Mist. Es lohnt nicht."

Nachdem sie das Büro verlassen hatte, klappte er die Akten zu und lehnte sich zurück, die Hände hinterm Kopf verschränkt. Er dachte an sie, an ihre greifbare Unzufriedenheit, ihrer Suche nach einem Weg. Die Angst, Sabrina zu verlieren, war noch nie so groß wie jetzt.

Es war eine lange Schicht gewesen. Lars und Sabrina saßen im Auto, auf dem Weg zum Präsidium.

„Was haben wir heute eigentlich den ganzen Tag gemacht?" Müde und mehr zu sich selbst stellte Sabrina diese Frage.

„Wir haben Zeugen befragt, waren im Rathaus, in der Shisha-Bar, im Betrieb von Anna Merzen, wir haben versucht, Kleinigkeiten ans Licht zu bringen, wie Goldsucher. Das sind wir, Sabrina, Goldsucher." Er parkte den Wagen in der Nähe des Eingangs, liefen wegen des starken Regens dorthin und nahmen im Büro Platz. Er machte zwei Kaffee und nahm sie mit zum Schreibtisch. Einer der Becher war Lisas Becher, der mit der schwarzen Katze.

„Willst du eine Auszeit nehmen?"

„Eine Auszeit? Was meinst du damit?"

Lars setzte sich auf die Kante ihres Schreibtisches und blickte sie an. „Du kommst mir sehr müde vor. Unser gestriges Gespräch ging mir nicht aus dem Kopf, es hat mich noch den ganzen Abend beschäftigt. Bitte verstehe mich nicht falsch, ich will dich nicht loswerden, ganz im Gegenteil, ich möchte noch lange mit dir zusammenarbeiten. Meine Überlegungen sind also durchaus egoistisch", lächelte er. „Und genau deshalb habe ich darüber nachgedacht. Manchmal glaube ich, dass du von unserer Arbeit, von den Menschen, mit denen wir zu tun haben, nur noch angewidert bist, sie leid hast."

„Du etwa nicht?" Leise und tonlos klang ihre Stimme, Lars legte vorsichtig seine Hand auf ihre.

„Ich kann gut abschalten. Wenn ich das Büro verlasse, bleiben die Fälle, die Menschen dort zurück. Nur ganz selten schleicht sich einer nach Feierabend bei mir ein. Meine Wohnung ist zu klein dafür, da passen nur ich und mein Leben rein."

Sabrina schmunzelte, als sie an seine Wohnung dachte. Einmal war sie dort, nachdem seine Sachen bei einem Einsatz mit Blut und Dreck besudelt waren und er sich umziehen musste, bevor sie ins Büro weiterfuhren. Eine kleine Wohnung, mit einem schönen Balkon und durchaus mit Geschmack und einem Blick für Details eingerichtet.

„Ich werde darüber nachdenken. Ja, manchmal bin ich sehr müde. Danke, dass du dir Gedanken um mich machst, Lars."

Diesem Schimmer in ihren Augen konnte er nicht lange widerstehen und stand auf. „Geh nach Hause, Sabrina, ich mache es auch gleich."

Sie nickte, nahm ihre Jacke von der Garderobe und ging aus dem Büro, aus dem Präsidium. Auch bei diesem Regen ging sie wie fast immer zu Fuß zu ihrer Wohnung in der Heinrichsallee, nachdenklich. Wirkte sie tatsächlich so müde, so desinteressiert, so genervt? Sollte sie auf sein Angebot eingehen und eine Auszeit nehmen? Und was dann? Wenn ihr diese Zeit gefiel, wenn sie die Polizeiarbeit nicht vermisste? Sie schüttelte den roten Schirm aus, ging hinauf zu ihrer Wohnung und tauschte im Schlafzimmer ihre Bluse gegen ihr Malhemd, wie sie es nannte. Das aus stabiler Wolle mit den vielen Farbflecken, so bequem und vertraut. An der Staffelei sah sie auf das Bild, an dem sie arbeitete, hier fand sie Ruhe, immer. Sie lächelte bitter, als sie daran dachte, dass die Staffelei ihre stabilste Beziehung in ihrem Leben war. Würde Lars ohne sie klarkommen? Er hatte sich dieses Angebot sicher gut überlegt, und sie war ihm dankbar dafür. Nein, heute nicht mehr, heute wollte sie nicht mehr daran denken, heute gab es nur noch sie und die Staffelei.

Hermann Boll liebte es, den Sonnenaufgang im Wald zu erleben, das Zwitschern der Vögel am frühen Morgen, Rehe, die im ersten Sonnenlicht nach Futter suchten, die frische, noch von der Nacht feuchte Luft, diese friedliche Stimmung. Noch in der Dunkelheit stieg er in seinen weißen Hyundai und fuhr los. Es waren nur wenige Menschen um diese Uhrzeit unterwegs und so hatte er schnell die kleine Straße erreicht, die hinauf in den Wald führte. Dank des Elektroantriebs verursachte er keinen Lärm, der die friedliche Idylle zerstörte. Wie immer parkte er auf der freien Fläche vor dem Waldweg und ging los, das erste Licht zeigte sich am Horizont. Er ging etwas schneller, um möglichst früh an seiner Stelle am Klippenkopf zu sein. Seine, weil nur sie ihm einen freien Blick über das Tal und die umliegenden Berge, den Bräkerkopf und andere, bot. Ehrfürchtig blieb er dort stehen, genoss die Stille, den Sonnenaufgang, sah das Reh, das ohne

Angst am Hang stehenblieb. Es war dieser Moment, der einen Tag zu einem besonderen Tag machte.

Als es heller wurde und der Verkehr im unter ihm liegenden Grüner Tal zunahm, lächelte er und ging zurück, diesen Moment im Herzen. Ihn trennten nur noch fünfzig Meter von der Schranke, die den Waldweg schützte, als er es sah, vor der Trafostation. Hatte da wieder so ein altes Ferkel seinen Müll entsorgt? Wie oft hatte er dort schon Säcke gefunden und zum Bringhof gebracht, Müll, Lumpen oder Bauschutt. Die Trafostation war ein beliebter Treffpunkt für die verschiedensten Leute, Radfahrer, Jugendliche, manche brachten sogar einen Grill mit, was im Wald streng verboten war. Hermann seufzte, ging an der Schranke vorbei und hinüber zur Trafostation. Ein großer schwarzer Sack lag dort. Er war nur noch wenige Meter entfernt, als er stehenblieb und stutzte. Dies war kein Sack. Vorsichtig machte er noch zwei, drei Schritte. Dann gellten seine Hilferufe durch den stillen morgendlichen Wald.

„Was zur Hölle ..."

„Genau der richtige Einstieg." Sabrina stand neben Lars am frühen Morgen im Iserlohner Wald, vor ihnen lag ein Mann, ein toter Mann.

„Warum liegt der so? Und warum ein Pfarrer? Warum liegt der Geistliche wie ein Kleinkind vor uns, in Embryonalstellung?"

„Keine Ahnung, Sabrina, das müssen wir herausfinden, und das wird nicht leicht. Ich kann den Druck schon spüren, den Jochen uns macht. Hast du sein Portemonnaie geprüft?"

„Ja", nickte sie, „kein Raubmord, etwa hundert Euro in bar und vor allem sein Ausweis. Martin Bender, achtunddreißig Jahre alt, Pfarrer. In zwei Tagen hätte er Geburtstag gehabt."

„Der Herr hats gegeben, der Herr hats genommen. Nur wenige hundert Meter vom Fundort des ersten Opfers entfernt", murmelte Lars.

„Ja, wir sollten die Gegend im Auge behalten, das ist kein Zufall. Lassen wir die Spurensicherung und die KTU ihre Arbeit machen, wir fahren jetzt direkt zum Pfarrbüro und dann ins Präsidium."

„Vergiss unseren Termin mit Jürgen Jansen nicht." Lars bückte sich noch einmal zu dem Toten, sah den friedlichen Ausdruck auf seinem Gesicht und die massiven Würgemale darunter, das kleine silberne Kreuz auf dem Revers, die schwarze Kleidung.

„Wo ist der Zusammenhang, verdammt, wo ist der Zusammenhang?"

Die Pressekonferenz war größer als die anderen. Es hatte sich in den Medien herumgesprochen, dass es in Iserlohn innerhalb kurzer Zeit zwei Morde gegeben hatte. Den Grund für die heutige PK kannte Thomas nicht, neben der offiziellen Einladung war zu seinem Erstaunen nichts durchgesickert, selbst seine besten Informanten wussten nicht, worum es geht.

„Es gibt nur zwei Gründe", erklärte Jochen auf dem Weg zum Präsidium, „entweder haben sie den Täter beziehungsweise einen entscheidenden Hinweis auf ihn. Oder es gibt einen weiteren Toten, damit rechne ich eher."

„Das würde endgültig heißen, dass es in unserer Stadt einen Serientäter gibt. Das wird Panik auslösen, wenn zwischen Seilersee und Kiliansdom jemand wahllos Leute umbringt."

„Und dieses wahllos glaube ich nicht, Thomas. Hast du irgendeine Verbindung zwischen dem Merzen und dem Dealer herausfinden können? Das wäre eine tolle Geschichte."

„Nein", gab Thomas zerknirscht zu, „da ist nichts Brauchbares, dieser Mehmet Kurum hat früher nicht in Merzens Betrieb gearbeitet. Es gibt nur eine Verbindung, leider."

„Es gibt doch eine?" Elektrisiert blieb Jochen stehen. „Davon hast du mir nichts gesagt."

„Die Verbindung bin ich, und das sieht auch die Polizei so. Ich kannte beide, sie hatten meine Nummer im Handy."

„Verdächtigen sie dich tatsächlich? Haben sie dich gefragt, ob du die beiden umgebracht hast?"

Meinte Jochen die Frage ernst? „Ich habe keinen Grund, und ich habe es auch nicht getan, damit das klar ist."

„Glaubt ja auch keiner, Thomas, und jetzt lass uns beeilen, es könnte voll werden."

Wurde es. Vier Fernsehteams, einige Radioreporter und noch mehr Menschen der schreibenden Zunft hatten sich in dem Konferenzraum versammelt.

„Kannst du dich erinnern, wann hier zuletzt ein solcher Auflauf war?", fragte Jochen, als sie das Gebäude betraten.

„Nein, habe ich noch nicht gesehen. Oder doch, warte mal, bei dem Selbstmord von diesem jungen Mann, dem Freund einer der Sängerinnen von *Tic Tac Toe*, da war ein solcher Wirbel. Ist schon lange her, 1997 war das, meine ich. Und bei der Vorstellung des grünen Buches, mit dem Weifenbach, aber das hatte nichts mit der Polizei zu tun, war ja Eishockey. Weißt du noch, wann das war? Auf jeden Fall vor meiner Zeit."

„Im Dezember 1987 war das."

„Hast du im Archiv übernachtet? Ah, da kommen sie, endlich geht es los." Kameras klickten, Mikrofone und Handys wurden nach vorn gehalten, als sich der Staatsanwalt, der Chef der Kreispolizeibehörde und der Polizeipressesprecher hinter ihre Tische setzten. Der eröffnete die Konferenz formal, hielt sich anschließend aber zurück und überließ den höheren Tieren das Sprechen.

„Viel war das nicht." Enttäuscht verließen die beiden zusammen mit den anderen Medienvertretern das Gebäude. „Warum haben die nicht mehr rausgelassen? Wir wissen nicht, wer das dritte Opfer ist und wo es gefunden wurde. Nur, dass er achtunddreißig Jahre alt und alleinstehend war."

„Und dass die Fälle nicht zwingend zusammenhängen müssen, wie er sagte."

„Nee, natürlich nicht", lächelte Jochen zynisch, „es geschehen öfter mal drei Morde nacheinander in unserer Metropole des Verbrechens. Bei der Polizei und der Staatsanwaltschaft auf den Busch zu klopfen halte ich für aussichtslos. Thomas, halte du die sozialen Medien im Auge, vielleicht meldet sich dein unbekannter Freund wieder. Oder du findest in einer Iserlohner Gruppe auf Facebook einen Hinweis auf einen Achtunddreißigjährigen, der vermisst wird. Und nutze deine Kontakte, vielleicht hat irgendjemand was gehört, kann dir einen Tipp geben. Ich will wissen, wer der Mann war. Und das, bevor es das vierte Opfer gibt."

8

„Mama, bleibt ihr jetzt zusammen, du und Sarah?"

Lisa sah auf ihre Tochter, die auf der alten hölzernen Gartenbank neben ihr saß, die Hände ineinander verschränkt, den Blick auf den Boden gerichtet, irgendwo zwischen Mädchen und junger Frau. Wie lange hatte sie wohl mit sich gerungen, bis sie ihr diese Frage stellte? Wie viel Angst hatte sie vor der Antwort?

„Ich genieße einfach den Augenblick, Hanna, ich möchte, dass alles so schön bleibt, wie es jetzt ist. Ich weiß, dass es dir fremd, völlig neu sein muss, dass ich mit Sarah zusammen bin. Mir geht es doch auch nicht anders, das alles hätte ich mir vor zwei, drei Wochen niemals vorstellen können. Ich weiß, dass ich dir im Moment sehr viel zumute, ich weiß einfach nicht, was richtig und falsch ist. Ich habe es nur zu Hause nicht mehr ausgehalten."

Hanna nickte nachdenklich. „Papa ist etwas komisch geworden in letzter Zeit. Ich glaube, der interessiert sich nicht mehr für dich und mich, nur noch für seinen Beruf."

„Er hat uns bestimmt nach wie vor lieb, mein Schatz, aber mit den Jahren ist vieles anders geworden, auch bei mir. Und ich glaube, er hat auch Angst. Angst davor, seinen Job zu verlieren."

„Aber die Angst war doch nicht der Grund, warum du gegangen bist, oder? Ich meine, war Papa schon immer so ängstlich, auch früher schon?"

Lisa sah die Verunsicherung ihrer Tochter, größer als bei ihr. Aber was hätte sie machen sollen? „Nein, er war nicht immer so ängstlich, unsicher. Das waren wir beide nicht, viele Jahre. Wir waren glücklich, hatten viel Spaß, haben uns gemeinsam etwas aufgebaut. Dann kamst du, unsere geliebte Tochter, auf die wir uns so gefreut haben, und dann ... ja, alles ist irgendwie anders geworden, nicht schlechter, anders."

„Magst du Papa noch? Ich weiß, er ist manchmal ein Idiot, aber irgendwie ..."

„Vermisst du ihn?"

Nach einem Moment schüttelte Hanna den Kopf. „Nein, es ist schön hier, der alte Bauernhof, Lili die Katze, der große Garten, die beiden Pferde drüben auf der Koppel, und Sarah ist auch sehr nett. Wie ... wie, also, ich meine, wie ist das eigentlich passiert, also dass du ... hast du das früher schon mal gemacht?"

Wie viel Mut hatte sie für diese Frage gebraucht? „Nein, das habe ich nicht, und ich hätte es auch nicht für möglich gehalten. Ich kenne Sarah schon sehr lange, seit meiner Jugend, wir haben zusammen studiert. Ich wusste schon lange, dass sie, nun ja, anders ist ..."

„Lesbisch ist?"

„Ja, das wusste ich, aber ... was soll ich sagen, ich habe mir nie träumen lassen, dass ich mit ihr zusammenkomme, das ist alles so verwirrend, so neu, und es hätte auch nicht passieren sollen, passieren dürfen. Das macht alles noch viel komplizierter, auch wenn es schön ist, auch wenn ich es genieße, es ist alles ..." Lisa stand auf, schlang die Arme um sich und ging unruhig auf und ab. „Und du? Wie denkst du darüber, was wir hier machen?"

Hanna drehte den Kopf zur Seite und blickte auf die Koppel, auf der die beiden braunen Pferde standen und grasten, eine Idylle im milden Abendlicht.

„Ganz einfach, Mama, ich möchte, dass wir hierbleiben, noch lange. Papa kommt schon klar."

„Herr Jansen, wie kommt ihre Nummer auf das Handy von Mehmet Kurum? Uns sagen Sie bitte nicht, sie hätten sich verwählt, in den vergangenen Monaten tauchte sie mindestens einmal pro Woche auf. Also, woher kennen Sie Mehmet Kurum?" Lars fixierte den leitenden Angestellten, der unruhig hinter seinem Schreibtisch auf dem Bürostuhl hin und her rutschte.

„Herr Kurum hat sich an mich gewendet, weil er sich selbstständig machen wollte. Er war sehr hartnäckig, daher die vielen Anrufe."

„Aber das ist doch gar nicht ihre Zuständigkeit, Herr Jansen. Und wenn sie es wäre, würde sich einer ihrer Angestellten darum kümmern. Herr Jansen, wenn Sie uns schon anlügen, geben Sie sich bitte etwas mehr Mühe", ereiferte sich Sabrina.

„Sie wollen uns nicht ernsthaft erzählen, dass Sie wegen einer Genehmigung auch abends und am

Wochenende mit Mehmet Kurum telefoniert haben. Also, in welcher Beziehung standen Sie zu ihm?"

„Ich habe mich um ihn gekümmert." Jürgen Jansen straffte sich und schaute Lars an. „Er fühlte sich ungerecht behandelt, damals, bei dem Rap-Wettbewerb. Vor allen Dingen auf Thomas Wendtner war er wütend. Und da er mich mit ihm gesehen hatte, dachte er, ich könnte auf ihn einwirken. Mit welchem Ziel war ihm nicht bewusst. Es war die Wut, die ihn beherrschte, und ich hatte Angst, dass aus dieser Wut Taten wurden."

„Sie meinen, dass er Thomas Wendtner angreifen würde?"

„Ja, davon hat er gesprochen. Ich habe es ihm ausgeredet, immer wieder. Er war sehr heißblütig und ich wusste, dass er den Redakteur provozierte, mit seinem Auto und seiner Musik. Ich wollte Schlimmeres verhindern, das war alles. Und ich glaube, dass ich ihn erreicht habe."

„Weiß der Wendtner, dass er dem Jansen eigentlich dankbar sein müsste?"

Sabrina lehnte sich zurück und schaute Lars an. „Dem ironischen Unterton in der Stimme entnehme ich, dass du ihm nicht glaubst."

„Der Jansen ist nicht gerade durch soziales Engagement aufgefallen. Und der will sich intensiv um einen aggressiven jungen Mann kümmern, der ihm unbekannt ist? Sein einziges soziales Engagement war die Mitgliedschaft im Jägerbund ..."

„... dem zufällig auch sein Vorgesetzter angehörte."

„Nein, der Mann lügt."

„Ich werde mich bei den Kollegen umhören, vielleicht weiß einer etwas über den Jansen. Und prüfen, ob es eine Verbindung zu dem dritten Toten gibt, dem Geistlichen."

„Die gibt es, er war Mitglied der Kirchengemeinde, der der Pfarrer vorstand. Ich weiß, das ist schwach, das sind hunderte andere auch. Aber wir dürfen den Punkt nicht übersehen. Vielleicht sind wir der Klärung des Falles ganz nah."

„Das wäre so schön, ich könnte es kaum glauben", seufzte Sabrina.

Was ihr einem meiner geringsten Brüder getan habt, das habt ihr mir angetan.

„Verdammt, was soll das bedeuten? Was macht dieser Zettel in der Jacke eines toten Pfarrers?" Verständnislos ließ Lars die Plastikhülle mit dem weißen DIN-A-4-Blatt sinken.

„Herkömmliches Druckerpapier, gibt es sogar im Supermarkt, gedruckt auf einem Samsung

Laserdrucker", zählte Sabrina das Wenige auf, das sie wussten.

„Woher stammt dieses Zitat?"

„Ganz so bibelfest bin ich nicht, mein Lieber", lächelte sie.

„Wäre auch noch schöner, eine Frau wie du, dem katholischen Glauben treu und fest verbunden. Hast du es schon?"

„Ich bin noch dabei. Ah, hier ist es:

Was ihr für einen meiner geringsten Brüder getan habt, das habt ihr mir getan.

Es ist leicht abgewandelt, sicher nicht ohne Absicht. Es stammt aus dem Matthäus-Evangelium."

„Das bringt mich nicht weiter. Was soll das bedeuten? Warum lag der Pfarrer wie ein kleines Kind vor der Trafostation, wieder auf dem Präsentierteller. Er sollte gefunden werden, braucht unser Täter die Aufmerksamkeit? Was will er bezwecken, mitteilen?"

„Glaubst du, dass er das will?"

„Er inszeniert die Toten, wie in einem Film, das macht der nicht ohne Grund."

„Könnte auch eine Sie sein, ist nicht auszuschließen. Alle Opfer sind Männer."

Lars nickte. „Kann Zufall sein, aber auch ein Ansatz. Ich denke ohnehin, dass wir auf zwei Ebenen ermitteln müssen."

„Stimmt, das habe ich heute auch gedacht. Wir können persönliche Motive nicht ausschließen, müssen die Opfer noch weiter durchleuchten, nach Verbindungen, nach Menschen suchen, die mit ihnen zu tun hatten, beruflich und privat. Und wir müssen sie als Symbol sehen."

„Symbol im Sinne von Stellvertreter?" Lars drehte an seinem breiten silbernen Ring, den er am linken Finger trug. Sie sah das oft bei ihm, wenn er nervös oder angespannt war.

„Ja, was waren sie in unserer Gesellschaft? Was stellten sie dar? Der Unternehmer, der Kleinkriminelle, der Geistliche? Oder der Verwaltungsmann, der Türke, der Pfarrer? Oder der Angestellte, der Arbeiter, der Kirchenmann?"

„Ich verstehe, was du meinst. Unsere Opfer waren nicht persönlich gemeint, sie standen stellvertretend für ein Unternehmen, ein Amt. Es hätte auch andere treffen können. Übrigens, eine Sache stört mich bei der Inszenierung der Toten. Der erste, Friedhelm Merzen, war vergraben, er hätte übersehen, nicht gefunden werden können."

„Nein", widersprach Sabrina, „dazu lag er zu dicht unter dem Boden, er war nur mit einer relativ dünnen Schicht Erde und Laub bedeckt. Zudem gehen dort viele Leute mit ihren Hunden spazieren, und einer von denen hätte ihn mit Sicherheit gewittert."

„Was ja auch passiert ist. Gott sei Dank waren es keine Wildschweine, die ihn gefunden haben, ich mag mir gar nicht vorstellen, wie der ausgesehen hätte."

„Dann lass es, und jetzt machen wir Feierabend."

Lars stand auf und ging zur Garderobe, die hinter der Bürotür stand. „Hast du ausnahmsweise Lust, mit deinem Kollegen noch etwas Trinken zu gehen?"

Verwundert hielt Sabrina in der Bewegung inne. Lars hatte sie noch nie darum gebeten. „Wenn wir nicht über den Fall sprechen", lächelte sie Lars an, als sie ebenfalls ihre Jacke nahm. „Bin ich eingeladen?"

„Selbstverständlich", gab sich Lars betont entrüstet, „alles, was du willst. *Fuchs & Hase?*"

„Ich möchte nur draußen sitzen und das Wetter genießen."

„Dann ab, kein Wort werde ich über den Fall verlieren."

Sabrina griff zur Tür, als die von außen geöffnet wurde.

„Frau Brucker? Was machen Sie denn hier? Ist Ihnen noch etwas zu Friedhelm Merzen eingefallen?"

Sie schüttelte den Kopf, und erst da sahen sie die Tränen in ihren Augen. „Es tut mir leid, dass ich Sie belästige, und ich weiß auch gar nicht, ob ich bei Ihnen richtig bin, ob Sie mir helfen können. Ich kenne hier niemanden sonst, ich weiß nicht ..."

„Beruhigen Sie sich erst einmal, Frau Brucker", fasste Sabrina sie an den Schultern, „Sie sind ja völlig aufgelöst, was ist passiert?"

„Es geht", schluchzte sie mit bebenden Schultern, „es geht um Jens. Mein Sohn ist verschwunden."

9

Nichts. Kein Wort, kein Posting von Revenge Boy.
Hatte er mit der Sache nichts zu tun? Oder war er
gesperrt worden? Thomas schrieb zwei, drei Beiträge in
der größten Iserlohner Facebook-Gruppe, um
Aufmerksamkeit zu erreichen. Er suchte sich Themen
aus, mit denen er sicher einige Likes bekommen
würde, seinen Ärger über die vielen Fahrradfahrer in
der Iserlohner Fußgängerzone, der Wermingser Straße.
Schnell mal die Rücksichtslosigkeit, vor allem der
jugendlichen Fahrradfahrer angeprangert, schon hatte
er fünfzig „Gefällt mir" und wurde zweimal geteilt.
Dann noch einen Beitrag über die Trinker und die
Zustände in der südlichen Innenstadt, vor allem rund
ums Museum, schon hagelte es Zustimmung wie
„Endlich mal einer, der Eier hat". Innerhalb weniger
Minuten trudelten zehn Freundschaftsanfragen ein, die
er selbstverständlich annahm und sich per Messenger
mit den Leuten unterhielt. Das war zeitraubend,
nervtötend und lief immer auf dasselbe hinaus: die.
„Die" sollten endlich für Ordnung sorgen, die haben
die doch alle reingelassen, die würden nichts machen
und sich nur die Taschen vollstopfen und überhaupt,
wo soll das alles noch enden, es wird immer
schlimmer, meine armen Enkel, nur noch Gewalt,
Ausländer, Gender-Wahnsinn und Elektroauto-Idiotie
und sagen dürfe man ja schon lange nichts mehr.
Thomas sah sich aufmerksam die wenigen Zuschriften
an, die sich kritisch und differenziert mit den Themen
auseinandersetzten. Er verschwieg, wer er war, was er
tat, dass er den Artikel über die Pressekonferenz

geschrieben hatte. Dass nicht bekannt war, wer der Achtunddreißigjährige war, heizte die Stimmung an, wozu es nicht viel brauchte. Den meisten war längst klar, dass ein Serienmörder umging, der wahllos Leute abschlachtete und man niemanden mehr auf die Straße lassen durfte, vor allem keine Frauen. Thomas lehnte sich zurück und überlegte, wie er die Stimmung im Netz für sich nutzen konnte. Natürlich gab es unter den Beiträgen Leute, die andere, zufällig Achtunddreißigjährige seit längerer Zeit nicht gesehen hatten. Die schieden aus, weil die Polizei nicht gesagt hatte, dass das Opfer schon länger vermisst wurde.

Auch wenn es ihm schwerfiel, er musste warten. Darauf, dass sich im Netz etwas tat. Warten und überlegen, was er mit dem Angebot von Anna Merzen machen sollte. Natürlich war er empört, gekränkt wegen ihrer Bitte, ihr zu helfen, es ging komplett gegen seine journalistische Ehre. Geld für PR und Desinformation, das ging gar nicht. Aber nach seiner ersten Aufregung, die er Anna Merzen natürlich nicht geäußert hatte, kamen die Zweifel, berechtigte Zweifel. Was, wenn Lisa mit der Scheidung ernst machte? Mit ihrer neuen Liebe, dieser Sarah, tatsächlich zusammenbliebe? Diese verdammte Furie hatte schon immer gegen ihn gearbeitet, ihn schlechtgemacht. Sie hasste ihn, das wusste er, weil er ihr Lisa weggenommen hatte, damals. Früher war es ihm ein Rätsel, warum sie so sehr gegen ihn war. Er hatte keine Ahnung gehabt, dass sie lesbisch und hinter Lisa her war. Na ja, jetzt hatte sie ihr Ziel erreicht, vorerst.

Wie viel Unterhalt müsste er für Lisa und Hanna zahlen? Was bliebe ihm noch? Morgen würde er es recherchieren. Und wenn er tatsächlich seinen Job verlor, was dann? Es sah schlecht aus in der Branche, die Redaktionen bauten massiv Stellen ab. *Online first* war die Devise. Damit konnte er in seinem Alter nicht mehr viel anfangen, Video, die ganze Technik und ein anderer Schreibstil, und er wollte es auch nicht. Arbeitslos und geschieden, eine verdammt üble Perspektive. Wie schnell es von dort aus in Hartz vier ging, wusste er von manchen Reportagen, die er gemacht hatte, über Betroffene und ihre teils massiven Probleme, finanziell und gesundheitlich. Dann hieß es, ade, du schönes Haus, viel zu groß. Keine netten Abende mehr auf der Terrasse, mit Glück noch ein kleiner Balkon, wenn das Amt die Mietwohnung genehmigte. Nein, seine Empörung über Anna Merzens Angebot musste der Vernunft Platz machen, vielleicht brauchte er bald jeden Cent. Zehntausend Euro waren nicht schlecht, bar, wie sie sagte. Und noch weitere zehntausend bei Erfolg. Thomas seufzte, stand auf und holte sich aus dem Kühlschrank eine Flasche Weißwein, die er in einen Kühler auf den Terrassentisch stellte. Das erste Glas nahm er in zwei Schlucken. Warum, verdammt noch mal, war sein Leben in den vergangenen Wochen dermaßen kompliziert geworden? Es war doch alles in bester Ordnung gewesen. Vielleicht kommt Lisa bald zurück, wenn der Reiz des Neuen verflogen war, und sie blieben zusammen, alle drei, so wie früher. Wie immer.

Um neun Uhr war er in der Redaktion, nicht ausgeschlafen, aber munter. Eine Nachricht blinkte an seinem Bildschirm auf, etwas Neues aus der Iserlohner

Gruppe. Er hatte ihn. Er musste es sein. Ein Hinweis aus dem Netz, *Warum hat Pfarrer Bender heute nicht den Gottesdienst gehalten?* Thomas griff zum Telefon. Die Gemeinde wusste nichts, das Pfarrbüro schwieg, die Pressestelle auch. Er hatte keinen Urlaub erwähnt, nichts zu den Menschen in seiner Gemeinde gesagt. Das hätte er sicher gemacht, sagten die alten Leute im Seniorentreff, mit denen Thomas sprach, als er sie später besuchte. Sie wunderten sich, warum er plötzlich weg war. Thomas lächelte, war sicher, den Grund zu kennen – der Pfarrer war achtunddreißig. Er griff zum Handy und rief Jochen an.

„Wann haben Sie ihn zuletzt gesehen?" Langsam begleitete Sabrina Renate Brucker zum Stuhl vor dem Schreibtisch, reichte ihr ein Glas Wasser und setzte sich auf die andere Seite.

„Das war gestern am späten Nachmittag. Ich kann ihn nicht erreichen, sein Handy ist aus. Ich habe seine Freunde angerufen, keiner weiß, wo er steckt. Oh Gott, wenn ich doch nur früher etwas gesagt hätte", schluchzte sie und holte ein Taschentuch aus ihrer dünnen blauen Jacke. „Er hatte ja recht, sich so aufzuregen, aber dass er sich nicht meldet, dass ..."

„Sie hatten einen Streit?" Lars näherte sich von der Tür, blickte dabei auf die Uhr. Das Date mit Sabrina hatte sich vermutlich erledigt, aber er ließ sich seinen Ärger nicht anmerken. „Worum ging es dabei?"

„Wie ich schon sagte, um seinen Vater. Er wusste bis vor kurzem nicht, wer er tatsächlich war, ich habe es ihm immer verschwiegen, ich hatte einfach Angst, dass er ... ja, dass er ihn hasst. Ich habe ihm gesagt, er wäre eine flüchtige Affäre, eine Zufallsbekanntschaft. Er hat sich fürchterlich aufgeregt, geschrien, hat mir Vorwürfe gemacht, völlig zu recht, ich weiß es ja ..." Der Rest ging in einem heftigen Schluchzen unter.

Sabrina stand auf, trat hinter die verzweifelte Frau und legte ihr die Hände auf die Schultern. „Beruhigen Sie sich, er wird wieder auftauchen, ganz sicher. Wir werden bei der Suche helfen, das verspreche ich Ihnen." Sie sah nicht, wie Lars hinter ihrem Rücken verwundert die Augenbrauen hob. „Gibt es bestimmte Plätze, an denen er sich aufhält? Haben Sie tatsächlich alle seine Freunde erreicht, niemanden vergessen? Und wie ist er gekleidet?"

Renate Brucker schüttelte stumm den Kopf, bevor sie antwortete. „Ich wüsste von keinem Platz. Er ist ein sehr sportlicher Typ, wissen Sie, er spielt gerne Fußball und läuft viel, allein im Wald. Gestern trug er eine helle Hose, ein etwas dunkleres T-Shirt und natürlich Turnschuhe, die trägt er immer."

„Hat ihr Sohn ein eigenes Auto? Oder eine Freundin, zu der er gefahren sein könnte?"

„Bis vor wenigen Wochen war er mit Lea zusammen, ein sehr nettes und hübsches Mädchen", erinnerte sich Renate Brucker, und ein Lächeln schlich sich in ihre Mundwinkel. „Ich weiß nicht, warum sie nicht mehr zusammen sind, es ist sehr schade. Aber er wollte nicht darüber sprechen, wenn ich das Thema angesprochen habe. Mit Lea habe ich schon telefoniert, sie weiß nicht, wo er ist, sie hat seit zwei Wochen nichts von ihm gehört. Ein eigenes Auto hat er, einen alten roten Polo. Seltsam, jetzt, wo sie es sagen, fällt mir ein, dass ich noch nicht einmal das Nummernschild weiß. Hinter dem MK kommt JB, für seinen Namen, aber die anschließende Zahl ..."

„Die finden wir schon raus", versuchte Lars etwas Zuversicht zu verbreiten. „Sie sagten, ihr Sohn wusste bis vor ein paar Tagen nicht, wer sein Vater war. Weiß er, wo er gewohnt hat?"

„Ja, er hat im Internet nach ihm gesucht, nach ihm und seiner Firma."

„Dann ist es gut möglich, dass er sich dort umsieht. Wir schicken einen Wagen los, der am Privathaus der Merzens nach ihm schaut, vielleicht hat ihn jemand dort gesehen. Und Sie halten sich am besten zu Hause auf, falls er wieder auftaucht. Irgendwo muss er schließlich übernachten, wenn er nicht bei seinen Freunden ist. Hat er Geld dabei?"

„Sicher, wie viel, weiß ich nicht, wahrscheinlich wenig, die jungen Leute zahlen heute ja fast alles mit Karte oder Handy."

„Was ist ihr Sohn für ein Mensch? Ich meine, seinen Charakter, ist er ein eher ruhiger Typ oder fährt er schnell aus der Haut?"

Lars war von Sabrinas Frage überrascht, was wollte sie damit erreichen?

„Gestern hat er sich fürchterlich aufgeregt, aber das ist ja auch verständlich, wenn er plötzlich erfährt, wer sein Vater ist und dass er nicht mehr lebt. Normal ist er ein ruhiger Mensch, still, in sich gekehrt, nachdenklich. Keiner, der sich mit seinen Kollegen oder den Fußballern vom TuS rumtreibt und Party macht."

„War er damit seinem Vater Friedhelm Merzen ähnlich? Seine ehemaligen Kollegen taten sich schwer, ihn zu beschreiben, warum auch immer."

Renate Brucker schaue einen Moment nachdenklich auf den Schreibtisch, ihre Hände hatte sie im Schoß gefaltet, die Nervosität schien von ihr gewichen. „Friedhelm war auch ein nachdenklicher Mensch, aber anders, er handelte. Und er konnte sich durchsetzen, was er sagte, was er wollte, das bekam er auch. Wahrscheinlich muss man so sein, wenn man so erfolgreich ist, erfolgreich war wie er, in seiner Firma und im Rathaus. Oft habe ich mir gewünscht, ich hätte etwas von seinen Eigenschaften, auch von seiner Fähigkeit, Leute für sich zu gewinnen. Vielleicht würde ich dann nicht in einer so kleinen Wohnung leben, mehr Geld haben."

„Frau Brucker, eine vielleicht etwas indiskrete Frage, aber warum hat sich Friedhelm Merzen nie zu Ihnen und seinem Sohn bekannt?"

„Ich sagte doch, er bekam, was er wollte, immer."

„Gut, Frau Brucker", beendete Lars das Gespräch, „gehen Sie jetzt bitte nach Hause und warten dort. Sie können auch einen Aufruf in den sozialen Medien starten, dort war ihr Sohn bestimmt aktiv. Wir schicken einen Wagen zum Haus der Merzens und schreiben den Pkw ihres Sohnes zur Fahndung aus."

Renate Brucker bedankte sich und verließ das Büro, ihre Haltung zeigte Resignation.

„Die ist völlig fertig", sagte Sabrina leise, „ihr Sohn verschwunden, sein Vater tot, die steht völlig allein, wie schrecklich."

„Ich könnte auf eine Partnerin, die mich Zeit ihres Lebens verleugnet, gut verzichten."

„Lars, er war die Liebe ihres Lebens, der Vater ihres Sohnes."

„Das erklärt nicht alles, in meinen Augen war Dr. Friedhelm Merzen ein egoistisches Arschloch. Außerdem sind wir für verschwundene Söhne nicht zuständig, das ist ein Fall für die Kollegen der Vermisstenstelle."

„Doch, das sind wir, Lars, er ist Teil der Mordermittlungen. Und Männer und Frauen haben eben unterschiedliche Ansichten, Lars, vor allem, was Liebe und Partnerschaft betrifft. Aber das ist ja nichts Neues", lächelte sie ihn an.

„Stimmt, daran wird sich wahrscheinlich nie etwas ändern. Gehen wir noch etwas Trinken oder ist es dir zu spät?"

„Nein, es bleibt dabei. Vorher werde ich noch die Suche nach Jens Brucker in die Wege leiten. Ich hoffe, wir finden ihn, bevor wir einen weiteren Toten haben."

„Gut gemacht, Thomas, sehr gut gemacht. Wie bist du auf den Pfarrer gekommen?"

„Durch Kombinieren und Recherchieren. Der entscheidende Hinweis kam aus dem Netz, aus einer Iserlohner Gruppe. Allerdings habe ich mir Mühe gegeben, einen solchen Tipp zu provozieren."

„Was dir auch gelungen ist", lächelte Jochen, „nicht nur die Redaktion, auch die Geschäftsführung freut sich. Die Staatsanwaltschaft hat die Identität mittlerweile bestätigt."

„Auf meine Frage, warum sie verschwiegen, wer das Opfer ist, bekam ich allerdings die immer gleiche Begründung, ermittlungstaktische Gründe. Warum haben die aus dem Pfarrer ein Geheimnis gemacht?"

„Finde es raus, du hast den Artikel geschrieben, dein Job. Ich kann mir nur denken, dass es mit seinem Beruf zu tun hat, nicht mit seiner Person. Was weißt du über ihn?"

„Ich habe schon mal über ihn geschrieben, vor langer Zeit. Es ging um Vorwürfe, die ein Gemeindemitglied gemacht hat, war aber nichts dran. Aber du meinst, in der Öffentlichkeit könnte der Eindruck entstehen, niemand ist mehr sicher, wenn jetzt schon Pfarrer ermordet werden? Nach einem obersten Verwaltungsmenschen und Unternehmer?"

„Interessant, dass du den kleinen Dealer nicht erwähnst. Ich frage mich die ganze Zeit, wie der da reinpasst."

„Hast du über den noch was rausgefunden?"

Thomas schüttelte den Kopf. „Seine Familie heult nur rum und sein Vater hat mir gedroht, weil ich geschrieben habe, dass sein Sohn mit Rauschgift gehandelt hat. Was die Polizei bestätigt hat, aber der stolze Vater verdrängt das, sein Sohn war sein ganzer Stolz und so weiter. Seine anderen Kinder hat er scheinbar zum Schweigen verdonnert, die haben überhaupt nichts gesagt, waren sichtlich eingeschüchtert. Nein, ich kann mir keinen Reim auf den Tod von Mehmet Kurum machen."

„Sag mal, Thomas, warum hast du in unseren vorherigen Gesprächen nichts von dieser Renate Brucker erzählt? Woher kommt die so plötzlich? Welche Bedeutung hat sie für den Fall? Dass sie die Geliebte vom Friedhelm Merzen war, habe ich gelesen, aber seit wann weißt du das?"

Thomas richtete sich auf und nahm einen Schluck Kaffee. Dass diese Frage kommen würde, musste, war ihm klar gewesen. „Ganz einfach, Jochen, ich habe vorher nichts von ihr gewusst. Anna Merzen hat mir die Geschichte erzählt, sie wusste schon lange davon."

„Warum hat sie nicht weiter geschwiegen, frage ich mich. Warum zieht sie jetzt öffentlich das Ansehen ihres Mannes in den Dreck?"

„Ich denke, aus taktischen Gründen. Wahrscheinlich will sie im Vorfeld alle möglichen Ansprüche, finanzielle Ansprüche abwehren."

„Mag sein", sagte Jochen nachdenklich, „aber welche Ansprüche könnte sie haben? Recherchiere das bitte, wir werden nicht das Werkzeug von Anna Merzen sein. Du wirst darüber berichten, über alles, was noch kommen mag. Hat sie etwas über uneheliche Kinder gesagt oder angedeutet?"

„Nein", log Thomas, „ich werde nachhaken und dich unterrichten."

„Und sei bitte so professionell und lasse sämtliche Kommentierungen weg. Adjektive wie rücksichtslos, zeitlich günstig und gezielte Vorgehensweise, die du in deinem Artikel über Renate Brucker benutzt hast, haben in einem Bericht nichts zu suchen. Wir sind kein Blog, wir sind eine seriöse Zeitung."

Anna Merzen öffnete den Brief, mit dem sie gerechnet hatte. Er stammte von einer namhaften Anwaltskanzlei aus Unna, mit dem erwarteten Inhalt. Trotzdem wunderte sie sich über die Unverfrorenheit, mit der diese Brucker die Anerkennung ihres Sohnes als leibliches Kind ihres Mannes forderte. Keinen Cent würde die sehen, das war wohl klar, morgen würde sie das Schreiben an die Rechtsabteilung ihres Unternehmens geben. Und mit denen besprechen, was sie sonst noch tun konnte, um diese unverschämte Person loszuwerden, schnell und unkompliziert. Wie konnte sie es nur wagen, dieses Flittchen, sie war doch nur ein Spielzeug für Friedhelm. Und genau so würde sie sie behandeln, wie ein altes Spielzeug, das man wegwarf. Dann rief sie Dr. Eberhard Günther an, einen befreundeten Anwalt. Sie schilderte ihm die Situation.

„Aber ich muss darauf bestehen, dass nichts davon nach außen dringt."

„Aber selbstverständlich, Anna, deshalb würde ich dieses Schreiben auch nicht in deine Rechtsabteilung geben. Mich wundert nur, warum der Kollege aus Unna Zeit und Papier verschwendet hat. Wenn der junge Mann volljährig ist, wie du sagst, kann seine Mutter überhaupt nichts mehr unternehmen. Dann muss er selbst tätig werden, und dass muss er sich erst einmal leisten können."

„Ich befürchte, dass Friedhelm sie finanziell unterstützt hat, es könnte sein, dass die finanziellen Mittel vorhanden sind."

„So ein Verfahren kann sich hinziehen, mit Gutachten und Gegengutachten. Und du solltest überlegen, ob du auf andere Weise auf den jungen Mann einwirken kannst. Falls es ihm gelingen sollte, als Sohn anerkannt zu werden, könnte das sehr teuer werden, er hätte als rechtmäßiger Erbe Anspruch auf Vermögen und Firmenanteile."

„Danke dir, Eberhard, dann weiß ich, was ich zu tun habe." Anna Merzen beendete das Gespräch und rief Thomas Wendtner an.

„Ich hatte es von Anfang an für einen Fehler gehalten."

„Was willst du machen", zuckte Sabrina die Schultern, „der Staatsanwalt hat anders entschieden."

„Und diesem Journalisten damit zu einem Triumph verholfen. Es war doch klar, dass rauskommen würde, wer das Opfer war, warum nicht sofort in die Offensive gehen? Schau dir mal die Kommentare auf Facebook an, *warum verheimlicht die Polizei, dass er Pfarrer war? Deckt die Polizei den wahren Täter? Steckt ein Polizist hinter den Morden,* da entwickeln sich die ersten Verschwörungstheorien. Das hätten wir durch Offenheit verhindern können."

„Es ist, wie es ist. Hast du dich in der Gemeinde umgehört, wie du es wolltest?"

Lars nickte und setzte sich an ihren Schreibtisch. „Er war sehr beliebt, weil er sich in der Gemeinde engagiert hat und stets für alle da war. Gelobt wurde er vor allem, weil er nah bei den Menschen war, kein abgehobener Geistlicher, der streng die Lehren und Lebensferne aus Rom durchdrücken wollte. Auch in der Jugendarbeit hat er sich eingebracht. Das macht es umso schwerer, ein Motiv für seinen Mord zu finden, der Mann war einfach beliebt."

„Was ihr einem meiner geringsten Brüder getan habt, das habt ihr mir angetan", flüsterte Sabrina.

„Was sagst du? Ach, dieser Spruch auf dem Zettel in der Jacke des Pfarrers."

„Ich bin sicher, dass er der Schlüssel zum Täter ist. Denk an die Abwandlung des Zitates. Im Original hieß es *für einen meiner geringsten Brüder*, nicht einem. Das ist ein großer Unterschied, Lars, beim Zitat des Pfarrers wurde jemand etwas angetan, nicht für jemanden."

„Wenn du es so sagst, ja, stimmt, es könnte die Umkehrung der Bedeutung sein. Die Frage ist, hatte der Pfarrer Schuld auf sich geladen, ist er aus persönlichen Motiven ermordet worden oder als Stellvertreter?"

„Du meinst, so wie Jesus als Stellvertreter am Kreuz gestorben ist? Jetzt sind wir auf einer Bedeutungsebene angekommen, die mich schwindelig macht."

„War unser Mann Zufall? Oder hat der Täter ihn bewusst ausgesucht? Nein, wir müssen ausschließen können, ob etwas gegen ihn vorliegt oder vorlag. Ich nehme an, du hast keine Kriminalakte über ihn gefunden?"

Sabrina räusperte sich. „Ich habe gar nicht danach gesucht, ich dachte, du hättest ihn überprüft. Ich hole das schnell nach, bevor Hanno das bemerkt." Sie wendete sich dem Bildschirm zu, tippte den Namen des Pfarrers in die Suchmaske und las halblaut vor. „Tatsächlich, es gibt einen KAN, ist vor etwa fünf Jahren angelegt worden. Er wurde beschuldigt, sich Kindern unsittlich genähert zu haben."

„Mal wieder", kommentierte Lars verächtlich.

„Das Verfahren wurde eingestellt, es gab keine Beweise und die Anzeige wurde zurückgezogen."

„Dann müssen wir die überprüfen, die damals die Vorwürfe erhoben haben. Aber wenn die sich rächen wollten, warum warten die fünf Jahre?"

„Das ist ein Punkt", nickte Sabrina, „da ist noch ein anderer. Zu dem Vorfall wurden mehrere Zeugen gehört, einen davon kennen wir."

„Na sag schon, wer ist es?"

Sabrina lehnte sich zurück und sah ihren Kollegen an. „Der Mann heißt Thomas Wendtner."

Er hätte es nicht machen dürfen. Und jetzt bereute er es. Thomas Wendtner nahm seine Jacke und fuhr zu der Schule, die Jens Brucker besucht hatte, das Gymnasium an der Stenner, sprach mit ehemaligen Lehrern, telefonierte mit seinem Trainer im Fußballverein, besuchte Familie Kurum, sprach mit dem Vater und den Geschwistern. Fuhr zu der Shisha-Bar, versuchte, mit Mehmets misstrauischen Freunden ins Gespräch zu kommen. Dann fuhr er nach Hause, in seine beschauliche Gegend, hielt einen kurzen Plausch mit Dieter, seinem mürrischen Nachbarn, war ihm dankbar, dass er nicht nach Lisa und Hanna fragte, nur über das Wetter und die scheiß Ausländer schimpfte, ging hinein, nahm seinen Laptop und setzte sich auf die Terrasse. Und schrieb. Es musste sein, der Brief war eindeutig, Lisa wollte die Scheidung. Es ging nicht anders.

„Warum lag der hier wie ein Kleinkind?" Lars war in die Knie gegangen und sah auf den Boden vor der Sitzbank des Trafohäuschens. Dort, wo der Pfarrer gelegen hatte, hinter den drei Holzbalken, die das alte Dach stützten. Er erhob sich mühsam und stöhnte dabei, murmelte „Zu viel gegessen", was Sabrina lächeln ließ.

„Das liegt wohl weniger an der Currywurst von vorhin. Kann es sein, dass du stramm auf die Fünfzig zugehst? Soll ich dir helfen, alter Mann?"

„Ich versuche, es zu verdrängen. Was ist denn das für ein Schild?"

Sabrina folgte ihrem Kollegen zum Rand eines matschigen Waldwegs, der durch viele Holztransporte aufgeweicht war. Gelegentlich hatte sie früher dort, vor der Schranke, geparkt, wenn sie spazieren ging.

„Wusstest du, dass hier früher ein Drahthandelsweg war? Das ist ja interessant."

Sie sah das weiße Schild, dessen Fläche zum großen Teil das Grün des Waldes angenommen hatte. Die Schrift war dadurch nur schlecht zu lesen, umrandet war es mit einer in sich verdrehten Drahtrolle. Es war ihr noch nie aufgefallen.

„Hier wurde Erz abgebaut, mitten im Wald. Und daher kommt auch der Name unserer Stadt, aus den alten Worten *Isere* und *Lohn*, das steht für Eisen und Wald. Die Waldstadt ist also tatsächlich ein Eisenwald. Wieder etwas gelernt. Übrigens, hast du den Wendtner vorgeladen? Und ist dir auch dieser Typ aufgefallen ...“

„... der uns so auffällig unauffällig beobachtet?“, flüsterte sie.

„Hast du den schon mal gesehen? Sofern man etwas erkennen kann, der hat sich die dunkle Kapuze so tief ins Gesicht gezogen, dass ich ihn nicht erkennen kann.“

„Sagt mir nichts. Aber jetzt fährt er los, den Asbecker Weg runter. Die Marke des Fahrrads habe ich mir gemerkt.“

„Diese verdammten E-Bikes sollten Nummernschilder haben müssen, damit können die Leute so schnell abhauen wie mit einem Moped, gerade hier in den Bergen.“

„Was hältst du von ein bisschen Bewegung, alter Mann, die macht die Knochen wieder gelenkig.“

„Wenn's nicht zu viel ist. Wo willst du hin?“

„Lass uns den Weg hinuntergehen. Da wir gerade hier sind, werfen wir noch einen Blick auf den ersten Fundort, vielleicht fällt uns noch etwas auf, auch wenn schon alles fotografiert wurde.“

„Einverstanden, du junges Reh, aber dir ist klar, dass wir den steilen Weg auch wieder rauf müssen?“

„Ich werde dich stützen", lachte Sabrina, „und Zeit für Pausen gebe ich dir auch."

„Ist dir etwas eingefallen, warum der Pfarrer in dieser Embryonalhaltung lag? Welche Aussage, welcher Hinweis kann dahinter stecken? Und warum, verdammt, gibt der Mörder überhaupt Hinweise?"

„Das ist ein weites Feld, Lars, das weißt du doch", antwortete Sabrina, als sie die steile Straße durch den Wald hinuntergingen. „Es kann Eitelkeit sein, Überheblichkeit, der Wunsch, erwischt zu werden. Manche glauben tatsächlich, dass sie mit ihren Taten Kunstwerke erschaffen würden. Es ist vielleicht oberflächlich, zu einfach gedacht, aber die Haltung des toten Pfarrers könnte mit dem Vorwurf des Kindesmissbrauchs in Zusammenhang stehen. Eine andere Erklärung habe ich dafür nicht."

„Nicht schlecht", grummelte Lars, „da könnte was dran sein. Fragen wir nachher unsere Psychologin."

„Du willst die tatsächlich hinzuziehen? Dir ist die doch sonst immer zutiefst suspekt."

„Anhören kann man sich die mal, vielleicht gibt sie dir ... bleib mal stehen, Sabrina, siehst du da unten an der Schranke, neben der Straße? Das ist doch das Fahrrad, das der Typ vorhin gefahren hat."

Sabrina schaute durch die Büsche, tatsächlich, an der rot-weißen Schranke lehnte das schwarze E-Bike des Kapuzen-Mannes. „Wir gehen noch ein Stück die Straße runter, vorsichtig, bis zu dem freien Platz vor der oberen Schranke, die ist offen. Dort schlagen wir uns in die Büsche und suchen nach dem Mann. Kannst du ihn sehen?"

„Nein, von hieraus nicht. Gehen wir, leise."

Als sie den freien lehmigen Platz, der gerade einmal genug Fläche für zwei Autos bot, erreicht hatten, gingen sie einen Trampelpfad hinunter, leise, gebückt, das Umfeld im Blick.

„Da ist er", flüsterte Sabrina, „dort, an der Stelle, wo das erste Opfer vergraben war. Das kann doch kein Zufall sein. Woher weiß der, an welchen Plätzen die Toten lagen?"

„Keine Ahnung, der Presse haben wir nur die Gegend, den Wald zwischen Läger und Untergrüne genannt, keine genauen Orte. Also muss der Kerl etwas mit den Morden zu tun haben. Hast du deine Waffe dabei?"

„Natürlich, das siehst du doch."

„Gut, dann sollten wir uns teilen. Ich gehe direkt auf ihn zu und du gehst nach rechts, zurück zur Straße und von dort vorsichtig zu seinem Fahrrad. Ich versuche, ihn zu stellen. Sollte er flüchten, kannst du ihn in Empfang nehmen."

„Alles klar, auf geht's."

Lars schlich so leise er konnte bis zu dem Weg, der zwischen ihm und der Fundstelle lag. Der Kapuzen-Mann hatte sich gebückte, suchte scheinbar mit den Händen im Laub des Waldbodens, drehte ihm den Rücken zu. Lars zog seine Waffe, entsicherte sie vorsichtig und ging weiter auf den Mann zu. Der hatte ihn noch nicht bemerkt, suchte weiter im Laub. Lars spürte seine Anspannung, sah den schwarzgekleideten Kerl, kräftig, jünger als er. Er versuchte, auf dem feuchten Laub und dem abschüssigen Boden nicht auszurutschen, keine Geräusche zu machen. Kurz bevor er ihn erreicht hatte, rief er ihn an. „Polizei, stehen Sie auf und drehen Sie sich langsam um, die Hände nach oben!"

Der Mann stoppte in der Bewegung, hob seine linke Hand und stand langsam auf, den Rücken zu Lars gewandt.

„Drehen Sie sich um, damit ich sie ..." Er hatte keine Chance, den dicken Ast abzuwehren, der auf ihn zuflog und an der Schläfe traf. Stöhnend ging er in die Knie, versuchte, seine Waffe zu schützen, doch der Mann machte keinen Versuch, sie ihm abzunehmen. Er lief los, zu seinem Fahrrad. Benommen und aus tränenden Augen sah Lars den schwarzen Unbekannten, gleich würde ihn Sabrina in Empfang nehmen. Vorsichtig machte er einen ersten Schritt, sein Kopf dröhnte heftig, scheinbar hatte der Schlag auch Auswirkungen auf seine Beine, er kam nur torkelnd vorwärts. Als der Mann sein Fahrrad erreicht hatte, sprang Sabrina aus der Deckung und stellte sich mit erhobener Waffe vor den Kerl. Geistesgegenwärtig packte der sein Fahrrad am Rahmen, stürmte auf Sabrina zu und schlug ihr mit dem Rad den Arm zur Seite. Die Waffe flog ihr aus der Hand, sie stolperte und musste sich an der Schranke festhalten. Genug Zeit für den Unbekannten, sich auf sein Fahrrad zu schwingen und die steile Straße herunterzurasen.

Bevor Sabrina ihre Waffe wieder in der Hand hatte, war er außer Sichtweite.

„Verdammte Scheiße", brüllte Lars, während Sabrina nur „Das haben wir sauber verbockt" nuschelte. Der atemlose Lars stützte sich an der Schranke ab. „Ist dir was passiert?"

„Außer, dass ich mich wie eine Anfängerin habe überrumpeln lasse, nein, alles in Ordnung. Und du? Du siehst schrecklich aus."

„Danke, das habe ich gebraucht", stöhnte Lars, während er sich Blätter und Lehm von Jacke und Hose wischte. „Hast du ihn erkennen können?"

„Von seinem Gesicht habe ich nichts gesehen, ein sportlicher, kräftiger Typ, sehr dunkel. Von den körperlichen Voraussetzungen könnte er unser Täter sein."

„Aber was wollte er an den Fundorten, was hat er hier gesucht?"

„Keine Ahnung. Warte du hier, ich geh nach oben und hole den Wagen."

Für diesen Vorschlag war ihr Lars sehr dankbar, seine Lust auf einen weiteren Spaziergang war mehr als begrenzt. Sein Kopf tat weh und seine Knie vermittelten auch nicht den solidesten Eindruck.

„Willst du zu einem Arzt?"

„Bloß nicht, wenn ich an all den Schreibkram denke, geht es mir schon wesentlich besser", seufzte

Lars, als er sich auf den Beifahrersitz sinken ließ. „Ich möchte nur nach Hause, etwas Ordentliches essen, eine Kopfschmerztablette, ein oder zwei Wein und mich hinlegen, das ist Therapie genug."

„Geht mir nicht anders, ich bringe dich nach Hause. Bist du sicher, dass du nicht doch eine Gehirnerschütterung hast?"

„Wenn es morgen nicht besser ist, rufe ich an, versprochen. Aber jetzt möchte ich einfach nur meine Ruhe."

Zwei Bullen im Wald verprügelt. Hätte ihre Waffen nehmen können, wollte aber nicht, brauche ich nicht. Idioten. Wusste doch, wo die Toten lagen. Habe sie schließlich dort abgelegt. Es ist noch nicht vorbei! Der Vierte kommt, bald!

Thomas stützte enttäuscht seinen Kopf auf die Hände. Auf seinen Beitrag war Revenge Boy nicht eingegangen, hatte ihn mit keinem Wort erwähnt. Was meinte er mit „zwei Bullen im Wald verprügelt"? Dann erst sah er das Video, das Revenge Boy angehängt hatte, es zeigte einen schwarzgekleideten Mann, der zuerst einen anderen Mann und anschließend eine Frau niederschlug. Er war durch das Laub nur schlecht zu sehen, die Aufnahmen schienen von einer Drohne zu stammen. Die Gegend kannte er, es war der Asbecker Weg. Warum sprach der Kerl vom vierten Opfer, warum hatte er das dritte mit keinem Wort erwähnt, es weder angekündigt noch den Pfarrer in einem Post beschrieben? Sein Handy schellte, Lisa. Zum ersten Mal nach über einer Woche.

„Hallo, Lisa."

„Wie geht es dir?"

„Wie geht es, es ist alles anders, das Haus so leer und still, ich vermisse euch und eure Geräusche."

„Es ist mir nicht leichtgefallen, Thomas, ich wollte es auch nicht, aber an diesem Tag ist es einfach passiert. Ich bin gegangen, ich konnte nicht anders. Ich war an einem Punkt, an dem ich gehen musste, sofort, nicht einen Tag, nicht eine Stunde später. Es ging nicht anders."

„Vielleicht später wieder? Wenn du dich ausgeruht und Abstand genommen hast? Das Haus steht immer für euch offen, das weißt du. Ich werde mir auch Rat holen, wie ich mit Hanna in dieser für sie nicht leichten Zeit besser klarkomme, das verspreche ich. Ich versuche immer noch, zu verstehen, ich meine, wir haben uns doch so gut wie nie gestritten."

„Genau das ist es, Thomas. Du gehst Konflikten aus dem Weg, immer. So lange, bis diese unausgesprochenen Konflikte zu einem einzigen geworden sind, einem großen, der sich nicht mehr bewegen lässt. Das war bei dir schon immer so, auch bei deinem Bruder. Er hat mehrmals versucht, mit dir zu sprechen, auf dich zuzugehen, aber du hast es immer wieder abgewehrt, überspielt. Seit Jahren habt ihr jetzt nicht mehr miteinander gesprochen, und ich weiß bis heute nicht, was damals vorgefallen ist. Jetzt interessiert es mich nicht mehr."

Er schwieg. Da war ein leichtes Beben, eine Unsicherheit in ihrer Stimme. Ja, mit seinem Bruder hatte er seit Jahren nicht gesprochen. Aber es war falsch, dass der versucht hatte, den Kontakt wiederherzustellen. Er hatte Bedingungen daran geknüpft, Thomas hätte ihn mindestens einmal im Monat besuchen müssen, hundertzwanzig Kilometer von Iserlohn entfernt. Er würde nicht zu ihm kommen, das hatte er klar gesagt. Er kannte ihn nicht wieder, seit Jahren nicht, seine hasserfüllte Schwägerin hatte ganze Arbeit geleistet. Dann holte er tief Luft. „Ist es wegen Sarah?"

„Nein, Thomas, das ist es nicht. Mit Sarah, das ist einfach so passiert, irgendwie. Es ist für mich so neu, so anders, aber das war nicht der Grund. Ich bin zu ihr gefahren, weil ich wusste, dass sie Platz hat und sich freuen würde, wenn ich käme. Das war der Gedanke, alles andere war Zufall."

„Und was ist mit Hanna? Wie kommt die damit klar?"

„Sie spricht ab und zu von dir, fühlt sich sonst ziemlich wohl hier auf dem Land. Thomas, bitte, ich habe es mir überlegt, ich will so nicht mehr leben. Lass uns in Frieden auseinandergehen, sauber, leise. Das ist es, was ich mir wünsche."

Thomas atmete einige Zeit in den Hörer, ratlos, enttäuscht, traurig. Jedes Wort war überflüssig. Dann legte er auf. Es war aus.

10

Sabrina drehte sich auf die Seite, blickte zum Wecker. Die rotleuchtenden Zahlen zeigten fünf Uhr, und sie lag wach. Wie um vier Uhr, wie es auch um sechs Uhr sein würde. Wie war es passiert, warum war es passiert, was sollte sie gleich sagen, wie mit Lars sprechen? Stöhnend wälzte sie sich auf den Rücken, presste die Handballen gegen die Stirn. Warum, verdammt nochmal, warum? Sie wollte sich nur um ihn kümmern, seine Wunde versorgen, schließlich war sie Ersthelferin und seine Kollegin. Sie hatten gesprochen, viel gesprochen, über den Fall, über ihren Beruf. Lars hatte zum ersten Mal über seine Ehe, seine geschiedene Frau gesprochen. Sie hatten Pizza bestellt, eine Flasche Wein aufgemacht, eine zweite und noch eine dritte? Sie wusste es nicht mehr, es war auch belanglos, irgendwann lag sie neben Lars, unter ihm, saß auf ihm, schlief ein, wurde wach, spürte ihn neben sich, erschrak, bekam einen Schock, nahm ihre Sachen, zog sich im Wohnzimmer an und bestellte sich flüsternd ein Taxi, mitten in der Nacht. Es war geschehen. Einfach so. Was sollte sie gleich machen, was sollte sie sagen? Sabrina stand auf, ging unter die Dusche, sah an ihrem Körper herunter, als ob sie noch Spuren von Lars entdecken konnte, von seinen Händen, seinem Mund, seinem Penis, seiner Zunge. Länger, gründlicher als sonst trocknete sie sich ab, zog sich an und ging die Treppe hinunter, aus dem Haus auf die Straße, die so still und friedlich vor ihr lag, nur der Gesang der Amseln begrüße sie. Sie schlug den Weg zur Westfalenstraße ein, genoss die frische Luft, den Geruch des Morgens. Ihr war klar, dass sich ihre Hoffnung nicht erfüllen würde, gleich die richtigen Worte zu finden. Sie schlenderte zum überdachten Eingang und betrat das Präsidium, ging hinauf in ihr Büro und blieb in der Tür stehen. Lars war bereits da.

„Guten Morgen." Sie spürte, wie etwas Wut in ihr aufstieg, weil ihre Stimme zitterte.

„Guten Morgen, Sabrina." Lars stand auf, als wollte er sie förmlich begrüßen. „Ich nehme an, du hast auch die halbe Nacht überlegt, was du jetzt sagen willst. Ich weiß auch nicht, was richtig ist, Sabrina, nur, dass ich diese Nacht sehr genossen habe. Und bitte sage jetzt nichts von einem Unfall, Unfälle sind immer schrecklich, und die vergangenen Stunden waren sehr schön. Möchtest du einen Kaffee?"

Sabrina lächelte, spürte, wie sich ihre Anspannung auflöste. „Sehr gern. Wie geht es deinem Kopf?"

„Du glaubst es nicht, an den habe ich seit gestern Abend gar nicht mehr gedacht. Und jetzt lass uns arbeiten."

„Herr Wendtner, wie geht es Ihnen? Sie sehen, wenn ich das sagen darf, nicht gut aus, ziemlich verkatert. Ich frage besser nicht, ob sie mit dem Auto gekommen sind."

„Worum geht es, Herr Kommissar?" Thomas straffte sich, konzentrierte sich auf das Gespräch.

„Herr Wendtner, Sie haben vor etwa fünf Jahren eine Aussage gemacht. Es ging um Vorwürfe, die gegen Pfarrer Martin Bender erhoben wurden. Worum ging es damals?"

„Ich hatte es schon befürchtet, dass diese alte Geschichte wieder ans Licht kommt. Pfarrer Bender wurde damals von einer Mutter beschuldigt, er hätte sich ihrem Sohn unsittlich genähert. Der Junge hatte Kommunionunterricht bei ihm. Sie hatte sich auch an uns, die Redaktion des *Stadtanzeigers*, gewandt. Ich habe damals recherchiert und auch mit dem Pfarrer gesprochen, der natürlich alles abgestritten hat. Wie Sie wissen, wurde das Verfahren eingestellt, die Frau hatte ihre Vorwürfe zurückgezogen. Aber wie das so ist, ein bisschen von dem Dreck bleibt kleben, der Vorwurf in den Köpfen der Leute hängen. Er war bis zum Schluss in seiner Gemeinde beliebt, das ist, was bleibt, an die alte Geschichte denkt mittlerweile niemand mehr."

„Ist von Seiten der Kirche Geld an die Frau geflossen, um die Anzeige zurückzuziehen?"

„Das ist nicht auszuschließen, Belege gab es natürlich keine."

„Sie haben herausgefunden, wer das dritte Opfer war, in ihrem Bericht haben Sie jedoch nichts von den alten Vorwürfen geschrieben."

„Eben, weil es nur Vorwürfe waren, sehr fragwürdige dazu. Der Junge hat später auch gesagt, dass nichts geschehen war."

Lars stütze sich mit den Unterarmen auf dem Tisch ab und beugte sich vor. „Alle Opfer hatten Verbindungen zu Ihnen, Herr Wendtner."

„Das bringt der Job als Redakteur bei einer Zeitung mit sich, dass man mit vielen Leuten zusammenkommt, mit ihnen spricht. Ich hatte zu keinem der drei persönliche Beziehungen, auch wenn ich ihre Handynummern gespeichert habe."

„Das stimmt nicht. Gegen Mehmet Kurum haben Sie Anzeige erstattet, als Privatmann."

„Aber der Grund dafür liegt in meinem Beruf. Ich habe eine Kritik über einen Rapper-Wettbewerb geschrieben, da kam er nicht gut weg, völlig zurecht."

„Das war ein Verriss", stellte Sabrina klar.

„Er war einfach schlecht, hielt sich aber für den Größten. Und später fing er an, vor unserem Haus auf und ab zu fahren, mit aufheulendem Motor, hat mich höhnisch angesehen und den Mittelfinger gezeigt. Aber zwischen dem Bericht und seinen Belästigungen ist so viel Zeit vergangen, dass ich ihn nicht mehr erkannt, ihn vergessen hatte."

„Wo waren Sie, als Pfarrer Bender gestorben ist?"

„Dazu müsste ich wissen, wann er ermordet wurde, das hat die Kripo bis heute nicht verraten. Warum machen Sie daraus eigentlich so ein Geheimnis? Haben Sie bei den anderen doch auch nicht."

„Wir informieren die Presse und die Öffentlichkeit, so gut es geht, bestimmte Fakten können wir noch nicht preisgeben. Also, wo waren Sie vor drei Tagen zwischen zwanzig und vierundzwanzig Uhr?"

„Bin ich jetzt Beschuldigter? Dann ziehe ich einen Anwalt hinzu."

„Wir möchten nur wissen, wo Sie in dieser Zeit waren."

„Ganz einfach, ich war bis neunzehn Uhr in der Redaktion, dann bin ich nach Hause gefahren. Und nein, ich habe niemanden, der das bezeugen kann, meine Frau und meine Tochter leben zurzeit nicht bei mir."

„Herr Wendtner", schaltete sich Sabrina ein, „sofern es den Fall nicht betrifft, interessiert uns ihr Privatleben nicht. Haben Sie in dieser Zeit vielleicht mit jemand telefoniert?"

„Nein, das habe ich nicht, und ich wusste nicht, dass es darum geht. Sie haben mich als Zeugen geladen."

„Beruhigen Sie sich, Herr Wendtner, kein Grund, sich aufzuregen. Können Sie noch etwas zu Pfarrer Bender sagen? Wir werden ohnehin noch mit der Frau sprechen, die die Anschuldigung erhoben hat und uns die alte Akte gründlich ansehen. Übrigens, Sie dürfen den Todeszeitpunkt des Pfarrers in ihrer Zeitung ab sofort verwenden. Auf Wiedersehen, Herr Wendtner. Ich habe das Gefühl, dass wir uns noch öfter sehen werden."

Sabrina und Lars warteten, bis der Mann den Raum verlassen hatte, dann standen sie auf und gingen in ihr Büro.

„Deshalb sah der so verkatert aus, Frau und Tochter haben ihn verlassen, muss ein ziemlicher Schlag gewesen sein."

„Ist es, Sabrina, ist es, auch wenn wir keine Kinder hatten. Den Moment, wo du nach Hause kommst und nur noch einen Brief auf dem Küchentisch findest, vergisst du nicht."

„Entschuldige, Lars, so habe ich es nicht gemeint, ich wollte dir nicht zu nahe treten."

„Ist okay, schon lange her, weißt du doch. Bei allem Mitleid für den Kerl, für mich ist er unser Hauptverdächtiger."

„Da ist noch Jürgen Jansen, der ebenfalls Verbindungen zu den Opfern hatte. Maik, der Kollege von der Sitte, hat ihn als verklemmten Schwulen identifiziert."

Lars blieb abrupt stehen. „Verklemmter Schwuler? Was meint er damit?"

„Na, jemand, der sich nicht zu seiner Homosexualität bekennt, sie nur im Verborgenen lebt, sich Sex erkauft. Oder sie in irgendwelchen Dark Rooms auslebt."

„Meinst du, dass das der Grund für seinen Kontakt mit Mehmet Kurum war? Dass der was mit dem hatte?"

„Soll vorkommen. Vielleicht hat der sich so seinen Audi verdient. Wir werden Jürgen Jansen fragen und seine Finanzen überprüfen."

„Mist, dann könnte es auch eine Beziehungstat sein. Jetzt wird die ganze Sache noch komplizierter." Lars schüttelte nachdenklich den Kopf. „Haben wir sonst noch etwas?"

„Noch nicht, aber wir müssen unsere digitalen Spürhunde von der Kette lassen. Schau dir mal diese Postings auf Facebook an."

Lars rückte mit seinem Schreibtischstuhl zur Seite, damit Sabrina in Ruhe die Beiträge auf dem Bildschirm lesen konnte.

„Unglaublich, wer ist dieser Kerl? Warum stellt der Renate Brucker fast als Prostituierte dar? Und bringt ihren Sohn in Verbindung mit den Mordopfern? *War ein Kumpel von Mehmet Kurum, hatte Ärger mit dem Pfarrer Martin Bender, war ebenfalls im Kommunionunterricht*, was soll das?"

„Zumindest scheint er gut recherchiert zu haben."

„Du meinst, wie ein Journalist?"

„Der Schluss liegt nahe, aber wenn er hinter diesem Pseudonym *Devil666* steckt, was bezweckt er mit solchen Beiträgen?"

„Das müssen wir rausfinden, dafür brauchen wir unsere digitalen Spezialisten. Keine Ahnung, ob man einen Anschluss einem Pseudonym in einem sozialen Netzwerk konkret zuordnen kann, dass müssen die

Jungs und Mädels von der IT rausfinden. Kleinen Moment, bitte." Lars griff zum schellenden Telefon.

„Nein, Frau Wendtner, nicht nötig, wir kommen zu ihnen." Lars legte den Hörer auf und lächelte Sabrina an. „Sie hat Zeit, wir können losfahren."

„Warum hast du sie nicht kommen lassen, wir hätten viel Zeit sparen können. Oder ist dir nach einem Ausflug?"

„So weit ist es bis Sümmern auch nicht. Nein, es geht mir nicht um einen Ausflug, bei dem wir beide unterwegs noch einen Kaffee trinken, obwohl mir der Gedanke sehr gefällt. Ich möchte sie in ihrem neuen Umfeld sprechen, dort scheint sie sehr entspannt. Vielleicht erfahren wir dort mehr als hier im Präsidium. Na los, auf gehts."

Sie fuhren am Seilersee vorbei über die Baarstraße Richtung Sümmern, am Gewerbegebiet durch den Kreisverkehr weiter Richtung Unna.

„Nette Gegend hier, scheint gutsituiert zu sein."

„Die Merzen wohnen auch hier. Ah, das scheint der alte Bauernhof zu sein."

Sie hielten vor einer halbhohen Natursteinmauer mit einer Hecke und gingen die Auffahrt hoch zum Fachwerkhaus mit dem angrenzenden Stall, der jetzt als Atelier diente. Eine schlanke dunkelhaarige Frau in einem durchscheinenden Sommerkleid kam ihnen entgegen, etwa so groß wie Sabrina. Sie lächelte die beiden warmherzig an.

„Ich freue mich, dass sie kommen konnten. Lassen sie uns in den Garten gehen. Möchten sie etwas zu trinken?"

„Nein, danke, nicht nötig. Es ist wirklich schön hier" bemerkte Sabrina, als sie sich neidvoll umsah.

„Ja, das ist es, ich weiß noch nicht, ob es von Dauer sein wird. Bitte, kommen sie mit."

Sie gingen am Haupthaus vorbei zu dem Garten, der zwischen dem Atelier und der benachbarten Pferdekoppel lag, abgetrennt durch alte Laubbäume. Sabrina fiel wieder einmal auf, dass sie sich mit Bäumen überhaupt nicht auskannte, obwohl sie so gern im Wald spazieren ging.

„Frau Wendtner, ich danke Ihnen, dass sie Zeit für uns haben", begann Lars, „es geht um ihren Mann. Gegen ihn wird nicht ermittelt, wenn Sie das fürchten, er steht als Zeuge in Zusammenhang mit den Opfern, die diese Morde gekostet haben. Ich nehme an, Sie haben davon gehört oder gelesen."

„Selbstverständlich."

Lars sah die attraktive Brünette mit dem sinnlichen Mund und den wachen, warmen Augen einen Moment an, bevor er weitersprach. „Dieses Gespräch dient sozusagen seiner Entlastung, wir möchten uns ein besseres Bild von ihm machen."

„Wozu braucht er Entlastung, wenn er nicht beschuldigt wird?"

Idiot, dachte Lars und blickte in ihre faszinierenden Augen. „Ich habe mich missverständlich ausgedrückt. Sie haben völlig recht, er braucht keine Entlastung. Es geht uns um die Beziehungen zu den Opfern, er hatte mit allen beruflich zu tun, sie waren Gegenstand seiner Berichterstattung."

„Ja, Thomas liebt seinen Beruf", nickte Lisa Wendtner nachdenklich, „er findet Menschen und ihre Geschichten ungeheuer spannend. Er schreibt gerne Reportagen über ganz normale Leute, ihre Berufs- und Lebenswelt. Es gibt bei jedem etwas Spannendes zu entdecken, sagt er immer. Er mag Menschen, wenn es ihm auch schwerfällt, das zu zeigen."

„Können Sie uns etwas sagen über sein Verhältnis zu Anna und Friedhelm Merzen?"

„Er hat gelegentlich von ihm gesprochen, war leicht beeindruckt von ihm, seinem Lebenswerk. Er hat ihn mehrmals getroffen, seine Frau hat er nie erwähnt."

„Und Pfarrer Martin Bender, hat er auch über ihn gesprochen?"

„Ich erinnere mich daran, weil ihn diese Geschichte sehr geärgert hat. Er hat von den Vorwürfen gesprochen, dass der Pfarrer sich Kindern unsittlich genähert haben soll. Er hielt das für vorgeschoben, wie er sagte. Dahinter stecke eine ganz andere Geschichte, ein Grundstücksdeal zwischen der Gemeinde und einer Immobilienfirma. Ich weiß nicht, ob der jemals zustande gekommen ist, aber der sei der eigentliche Auslöser für die Anschuldigungen."

„Merkwürdig", meint Sabrina nachdenklich, „davon hat er uns gar nichts gesagt, von diesem Hintergrund. Können Sie sich erklären, warum?"

„Ja", lächelte Lisa Wendtner, „diese Geschichte hat ihn sehr geärgert, er empfand sie als persönliche Niederlage. Auch wenn er es nie so sagte, vielleicht nicht mal so verstand. Für ihn war klar, dass dieser Grundstücksdeal den Anlass für die Vorwürfe gegen den Pfarrer bildeten. Aber er fand keinen Beleg dafür, keine Zeugen. Alle würden vor dem großen Geld kuschen, sagte er. Aber er hatte keine Namen, konnte nicht benennen, wer das große Geld sein sollte."

„Hat er jemals den Namen Mehmet Kurum erwähnt?"

„Nein, weil er nicht wusste, dass es der war, der ihn belästigte. Er sprach meist von *diesem Proleten*, er, der sich früher als Student für die Rechte der Proletarier stark machte. Er hat sich mächtig über ihn geärgert, weil der ihn vorführte, ihn lächerlich machte. Er ist sehr ehrgeizig, wissen Sie, auch wenn er es nicht zeigte, nicht zeigen konnte."

Sabrina und Lars sahen sich überrascht an. „Frau Wendtner, ich bitte Sie um eine persönliche Einschätzung." Sabrina rückte Lisa etwas näher, die einen Schluck aus ihrem Wasserglas nahm. „Halten Sie ihren Mann für fähig, Gewalt gegen andere Menschen auszuüben? Nicht spontan, sondern beabsichtigt, geplant."

„Haben Sie noch nie davon geträumt, phantasiert, anderen Menschen Böses anzutun? Leuten, die schlecht sind, es genießen, sie zu schikanieren? Vorgesetzte, Chefs, kennen Sie nicht auch gelegentlich diesen Wunsch, diesen Hass?"

„Das meine ich nicht, Frau Wendtner, keine Rache, halten Sie ihren Mann für gewalttätig? War er es Ihnen gegenüber?"

Lisa lehnte sich zurück und blickte auf die Koppel. „Ich weiß es nicht. Manchmal hatte ich Angst vor ihm, wenn er wütend wurde. Noch mehr Angst hatte ich vor ihm, wenn er sehr ruhig wurde. Er hat mich nie bedroht oder geschlagen, aber eine Antwort kann ich Ihnen nicht geben."

Sabrina und Lars verabschiedeten sich und gingen zurück zu ihrem schwarzen BMW. „Die kennt ihren Mann genau so wenig wie wir."

„Lars, ich glaube nicht, dass man einen Menschen wirklich kennt, in allen Facetten, selbst wenn man noch so lange miteinander lebt. Das ist traurig, aber auch schön, weil es noch Raum für Überraschungen lässt."

„Ja, das stimmt. Auch wenn die Überraschungen böse sein können. Aber wieso hat dieser Kerl nichts von dem Grundstücksdeal gesagt? Und dass er seit einiger Zeit wusste, dass es Mehmet Kurum war, der ihn belästigte? Den Kollegen hat er nur das Kennzeichen gegeben. Das ist wichtig für uns."

„Das hat sie doch gerade erklärt. Wir müssen ihn noch einmal unter die Lupe nehmen und vor allem auch mit der Frau sprechen, die den Pfarrer beschuldigt hat. Der Name ist in der Akte, wir rufen sie gleich an. Ich bin sicher, sie bringt uns bei der Aufklärung der Morde einen Schritt weiter."

„Ich habe für dich deine Mutter angelogen, ist dir das klar?"

„Weiß ich doch, Flori, ich werde ihr auch nicht sagen, wo ich tatsächlich bin, ich denke mir was aus. Ist schon krass, so eine eigene Wohnung."

„Ja, Mann, das kannst du laut sagen", grinste der schlaksige Jüngling breit. „Ist schon der Hammer, kannste machen, was du willst, schlafen, so lange du willst. Bisschen was tun musst du schon, damit sich die Nachbarn nicht beschweren, Müll rausbringen, nicht so laut sein und immer schön freundlich im Treppenhaus. Aber ist geil, die Hütte."

„Wo hast du die Möbel her? Und den Herd und die Waschmaschine?"

„Die haben mir meine Eltern besorgt. Die Waschmaschine brauche ich gar nicht, meine Mutter besteht darauf, dass ich die dreckige Wäsche bei meinen Besuchen mitbringe, sie macht die immer. Am liebsten würde die hier auch noch saubermachen, am besten jeden Tag, das nervt ein bisschen. Aber es geht, die Vorteile sind schon krass. Komm, ich zeig dir, wo du pennen kannst, und dann bestellen wir uns zur Feier des Tages eine Pizza." Von der Küche mit dem kleinen Balkon gingen sie in das benachbarte Wohnzimmer. „Hier, die Couch kann man ausklappen, da kannst du schlafen, Bettzeug bringe ich dir. Willst du länger bleiben?"

„Weiß ich noch nicht, ich muss erst mal in Ruhe nachdenken, ist so viel passiert."

„Alter, deine Mutter solltest du trotzdem anrufen, die macht sich bestimmt Sorgen."

„Ja, mache ich, muss mir nur noch überlegen, was ich ihr sage. Sag mal, dein Vater ist doch Anwalt, oder?"

„Weißt du doch, Anwalt für Arbeitsrecht und so ein Zeug."

„Ich muss nämlich was mit dir besprechen, ist sehr wichtig, ich muss mich entscheiden."

„Klingt ja mächtig trocken, Alter, ich hole uns erst mal zwei Bier. Um was geht's denn?"

Jens nickte mit dem Kopf. „Ich weiß jetzt, wer mein Vater ist. Und dass er ermordet wurde."

„Christel Schmidt, einundvierzig Jahre alt, ledig, zwei Kinder, Reinigungskraft bei einem Zeitarbeitsunternehmen, wohnhaft Mendener Straße 120."

„Unsere beste Adresse", kommentierte Lars sarkastisch, „Hat sie Zeit?"

„Wir können sofort kommen, hat sie gesagt. Was ich ihr nicht verraten habe, ist der Grund für unseren Besuch, ich habe gesagt, sie könnte eine wichtige Zeugin bei unseren Ermittlungen sein. Und schon fing sie an zu reden, über ihre Nachbarn und was die alle verbrochen haben, wer von denen schon im Knast war und so weiter."

„Stimmt ja auch, das mit der Zeugin, nur vielleicht anders als sie sich das denkt. Wäre schön, wenn sie uns auch so viel erzählen würde, wenn es um sie geht. Na schön, dann los."

Sie fanden einen Parkplatz auf dem Bürgersteig der vielbefahrenen Straße, gingen zu dem Haus und schellten. Der Türsummer ertönte, sie gingen in das Treppenhaus, das schon weit bessere Tage gesehen hatte, in die erste Etage. Sabrina ging voran, auf ihr Klopfen öffnete eine schlanke Frau mit sehr gepflegten, kurzen Haaren. Sabrina war etwas erstaunt, nach der Stimme hatte sie mit einer rundlichen oder dicken Frau gerechnet. Diese war durchaus attraktiv, nur der penetrante Gestank nach Zigarettenrauch stieß sie ab. Lars fächelte sich frische Luft zu, als er die Wohnung betrat.

„Wie kann ich Ihnen helfen?", strahlte sie Lars erwartungsvoll an.

„Zunächst einmal mit einem offenen Fenster", keuchte Lars.

„Und dann mit einer Auskunft", ging Sabrina in die Offensive. „Warum haben Sie vor fünf Jahren

Pfarrer Martin Bender beschuldigt, er hätte ihren Sohn sexuell belästigt?"

„Aber Sie sagten doch ...", stotterte die verdatterte Frau.

„Dass wir Sie als Zeugin brauchen. Also, warum haben Sie den Pfarrer beschuldigt?"

„Weiß nicht mehr, das Ganze ist doch so lange her und ich habe doch auch gesagt, dass ich mich geirrt habe. Vielleicht hat mein Sohn wirres Zeug geredet, weiß ich nicht mehr. Ist doch nichts passiert." Dabei hob sie beschwichtigend die Hände und zog die Schultern hoch.

„Nichts passiert?", wurde Lars lauter, „Sie beschuldigen einen Geistlichen des sexuellen Missbrauchs und sagen, es sei nichts passiert?"

„Na ja", winkte sie ab, „ich habe die Anzeige zurückgezogen und er ist Pfarrer geblieben, also ist nichts passiert."

Lars schloss für einen Moment die Augen, während Sabrina den Kopf schüttelte.

„Wenn Sie den Pfarrer vorsätzlich falsch beschuldigt haben, ist das eine Straftat", stellt Sabrina klar. „Hatte diese Anzeige mit einem Immobiliendeal zu tun? Denken Sie genau nach, wir werden die Sache neu untersuchen. Und Sie könnten im Mittelpunkt stehen, ist Ihnen das klar?"

„Herrgott, was wollen Sie eigentlich von mir? Da war nur einmal einer von einer Immobilienfirma, mehr nicht, und ich habe nur das gemacht, was er wollte. Es ist doch keinem was passiert, verdammt." Die Frau sog noch heftiger an ihrer Zigarette und stieß den Rauch mit spitzen Lippen in den Raum.

„Was wollte dieser Mann? Frau Schmidt, das ist ernst, der Pfarrer wurde ermordet und Sie sind darin verstrickt", fuhr Lars sie an.

„Aber ich habe doch nichts mit einem Mord zu tun", schrie die Kurzhaarige, „das können Sie mir nicht anhängen, damit habe ich nichts zu tun, verdammt."

„Doch, haben Sie", sagte Sabrina ganz sachlich, „und Sie sollten jetzt alles sagen, was Sie wissen. Das rate ich Ihnen, dringend."

Christel Schmidt ging schweigend zum offenen Fenster, stützte sich auf der Fensterbank ab und blickte hinaus in den verkommenen Hinterhof, in dem mehrere Kinder spielten. Nach einem Moment fing sie an zu schluchzen. „Ich habe doch nichts gemacht und ich brauchte das Geld für meinen Sohn und ..."

„Welches Geld?" Sabrina ging zu der Frau am Fenster und legte ihr die Hand auf die knochige Schulter.

„Die fünftausend Euro, ich brauchte sie so dringend und der Mann hat gesagt, es wäre nichts Verbotenes und ich könnte alles jederzeit rückgängig machen."

„Wer war dieser Mann? Der von der Immobilienfirma?"

Sie nickte. „Ja, er hat mich angesprochen, als ich bei dem gearbeitet habe, hat gesagt, dass er mich so sympathisch findet und ob ich ihm einen Gefallen tun könnte. Und fünftausend Euro sind so verdammt viel Geld."

„Dafür haben Sie den Pfarrer beschuldigt, richtig?"

Sie nickte. „Er hat mir gesagt, dass ich ihn anzeigen und später die Anzeige wieder zurücknehmen sollte, es würde ihm also nichts passieren, es war doch ganz einfach."

„Wie hieß dieser Mann? Wie sah er aus?"

„Er sagte, er heiße Müller, grauer Anzug, kurze dunkle Haare, sehr sympathisch. Mehr weiß ich nicht, wirklich, es ist doch so lange her."

Lars nickte Sabrina zu, dann verließen sie die Wohnung.

„Und jetzt?"

„Jetzt fahren wir zu mir, ich muss mich umziehen, meine Klamotten stinken nach Rauch, ekelhaft."

„Ich wusste gar nicht, dass du so empfindlich bist. Klar, in der Wohnung hat's gestunken, eine starke Raucherin."

„War ich früher auch mal, und seitdem hasse ich es wie die Pest."

„Du hast geraucht? Hätte ich nie gedacht", staunte Sabrina und schwang sich auf den Fahrersitz.

„Ist schon zwanzig Jahre her, aufgehört habe ich wegen meiner Frau. Das einzig Gute, das sie hinterlassen hat, indirekt."

„Ich warte unten." Sabrina blieb sitzen, während Lars hinauf in seine Wohnung ging. Sie dachte an den Abend, die halbe Nacht, die sie dort verbracht hatte. Von der sie wünschte, sie wäre nie geschehen. Von der sie wünschte, sie würde sich noch oft wiederholen.

„Gut siehst du aus." Sabrina lächelte, als sich Lars neben sie setzte. Über einer Jeans trug er ein blaues Hemd und ein cremefarbenes Jackett.

„Habe ich am schnellsten gefunden", grummelte er. „Jetzt müssen wir diesen ominösen Müller finden, den Mitarbeiter dieser Immobilienfirma. Steht über den etwas in der Akte?"

„Nein, kein Wort. Aber wir könnten Thomas Wendtner anrufen, der scheint die Firma zu kennen."

„Gute Idee, machen wir. Dann kann er uns auch erklären, warum er uns diese Geschichte verschwiegen hat."

Endlich. Eine Antwort von Revenge Boy.

Bist ein schlaues Kerlchen, hast eine gute Nase. Einer der Gründe, warum ich Merzen erledigt habe.

Er will der Mörder sein? Und schreibt das offen auf Facebook? Fassungslos starrte Thomas Wendtner auf seinen Bildschirm.

Welcher Grund?

Die Verlogenheit.

In welchem Fall? Warum hast du nichts zu dem Dritten geschrieben?

Nichts mehr. Revenge Boy hatte genug. Thomas Wendtner überlegte, wie er diesen Typen ermitteln konnte. Jeder Computer besitzt eine IP-Adresse, das wusste er, und der Techniker hatte gesagt, dass man die herausfinden kann, auch von fremden Rechnern. Es gab die Möglichkeit der Verschlüsselung, das hatte der EDV-Mann bei ihm auch eingerichtet. Und er hatte davon nicht die geringste Ahnung. Er griff zum Handy und rief den Kommissar, Lars Krenk, an. Wenn er ihn auf diesen Post hinwies, musste der doch merken, dass er nicht gegen sie arbeitete.

„Schönen guten Tag, Herr Krenk, Wendtner hier. Ich habe eine Nachricht über Facebook bekommen. Darin behauptet ein gewisser Revenge Boy, dass er Friedhelm Merzen ermordet habe. Ich leite es Ihnen weiter, hatten Sie bereits davon gehört?"

„Nein, und danke für den Tipp, Herr Wendtner, ich werde die Sache weitergeben an unsere Spezialisten im LKA, vielleicht können die den Absender ermitteln. Aber ich habe noch eine Frage an Sie, warum haben Sie bei unserem letzten Gespräch nichts von dem Immobiliendeal gesagt? Dem zwischen der

Kirchengemeinde und einer Agentur mit einem Mitarbeiter namens Müller. Kennen Sie den Mann?"

„Nein, der Name sagt mir nichts." Thomas Wendtner räusperte sich, bevor er weitersprach. „Ich habe diese alte Sache nicht für bedeutend gehalten, es ging um ein Gelände am Rande der Stadt. Die Gemeinde wollte es kaufen und als Bauland nutzen. Dazu kam es jedoch nicht, wenn ich es richtig in Erinnerung habe. In welchem Zusammenhang soll dieser Deal mit dem Mord an Pfarrer Bender stehen?"

„Nur indirekt, mehr kann ich Ihnen dazu nicht sagen. Wissen Sie, ob diese Immobilienagentur noch existiert?"

„Ja, die existiert noch, die haben ein kleines Büro an der Westfalenstraße. Manchmal fahre ich dort vorbei, ich schreibe Ihnen den Namen auf und sende Ihnen eine Mail."

„Danke, und falls Ihnen zu dieser Sache noch etwas einfällt, melden Sie sich bitte."

Nachdenklich beendete Thomas das Gespräch. Was hatte diese alte Geschichte mit dem Mord zu tun?

11

„Das kann sehr lange dauern, hat mein Vater gesagt, und ziemlich kompliziert werden. Bei nicht verheirateten Eltern ist der biologische Vater nicht automatisch der rechtliche Vater, hat er noch gesagt, das sei ganz wichtig."

„Verstehe ich nicht." Jens Brucker nahm noch einen Schluck von seinem Energy Drink. „Wieso ist das so kompliziert? Und so schwierig? Er war mein Vater, das ist eindeutig. Und durch einen Test kann das doch bewiesen werden."

„Die alte Merzen wird sich mit allen Mitteln dagegen wehren, und die hat viele Mittel, sagt mein Vater. Wenn du offiziell sein Sohn bist, dann kannst du doch auch erben oder dir einen Teil von seinem Vermögen oder seiner Firma holen. Krass, Alter, dann wärest du auf einen Schlag reich."

„Tja, aber wenn das so schwierig ist. Und die mich mit ihrer Kohle plattmacht, was dann?"

Genüsslich sog Flori an der Wasserpfeife und schaute Jens verschwörerisch an. „Vielleicht kannst du der Alten einen Deal anbieten."

„Was für einen Deal? Woran denkst du?"

„Na, du unterschreibst ihr, dass du niemals wieder versuchen wirst, als der Sohn ihres Mannes anerkannt zu werden. Du wirst auch in Zukunft nicht versuchen, finanzielle Ansprüche an sie zu stellen, verstehst du?

Das sollte ihr doch eine einmalige Zahlung wert sein",
lächelte er.

Jens lehnte sich auf dem Sofa entspannt zurück
und nahm einen Schluck, dann nickte er mit dem Kopf.
„Eine verdammt gute Idee, Flori, eine verdammt gute
Idee. Meine Mutter träumt schon ihr ganzes Leben von
einer Eigentumswohnung, die möchte ich ihr kaufen.
Und für mich sollte auch noch genug überbleiben, für
ein geiles Auto und mein Studium."

„An wie viel denkst du?"

„Es sollte ihr etwas wert sein, dass sie sich um
mich keine Gedanken mehr machen muss und ihren
Ruhestand genießen kann. Ja, das sollte ihr etwas wert
sein", grinste er. „Eine halbe Million."

„IS Invest heißt der Laden."

„Klingt mehr nach Investoren als nach einer
Immobilienagentur. Mist, wo kann man denn hier
parken?"

„Versuche es mal da, neben der Kirche, da scheint
noch was frei zu sein. Dann wollen wir dem Kerl mal
auf den Zahn fühlen." Sie parkten den Wagen neben
der Erlöserkirche und überquerten die Straße *Am
Wiesengrund*. Sie gingen die drei Stufen zur
Eingangstür und öffneten sie.

„Guten Tag, Frau Dürmer, Herr Krenk, kommen Sie rein. Ich freue mich, wenn ich der Polizei helfen kann."

Sabrina musterte den Mann. War das vielleicht noch der gleiche graue Anzug wie vor fünf Jahren? Das gleiche schmierige Grinsen? Warum sehen diese Typen alle so aus, diese Verkäufer, ob Versicherungen, Immobilien, Kredite oder anderes. Freundliches Auftreten, gute Manieren und mit einer Unterschrift ruinieren sie dich.

Sie nahmen an einem gläsernen Tisch Platz, auf dem kleine grüne Wasserflaschen und Gläser standen. „Herr Müller, was können Sie uns über einen Immobilienverkauf ihrer Agentur an die Gemeinde des Pfarrers Bender sagen? Und was über die Kampagne ihrer Agentur gegen den Pfarrer?"

„Entschuldigen Sie, was für eine Kampagne meinen Sie?" Überrascht beugte sich der Mann vor und fixierte die beiden.

„Warum haben Sie Frau Christel Schmidt fünftausend Euro gegeben, damit sie den Pfarrer beschuldigt, ihren Sohn sexuell belästigt zu haben?" Lars war aufgestanden und hatte sich vor dem Schreibtisch aufgebaut. „Das war eine Anstiftung zu einer Straftat."

„Entschuldigen Sie, ich weiß nicht, was Sie meinen", gab sich der schlanke Mann fassungslos und breitete die Arme aus. „Ich kenne keine Frau Schmidt und ich habe vor allem niemanden zu einer Straftat angestiftet, das ist unerhört. Woher nehmen Sie diese Anschuldigungen?"

„Wir haben Zeugen dafür, also, worum ging es?"

Sabrina sah, wie es in dem Anzugträger arbeitete, wie er abwägte, überlegte, wie er aus der Sache rauskam.

„Der Handel ist damals nicht zustande gekommen und die Anzeige wurde zurückgezogen, das wissen Sie."

„Haben Sie das entsprechende Grundstück später an die Gemeinde verkauft?", hakte Sabrina nach.

„Nun ja", lächelte der nervöse Verkäufer, „es ist später nach einem Wechsel des Gemeindevorstands tatsächlich noch transferiert worden, alles völlig legal, transparent und sauber."

„Der einzige Grund, warum wir nicht nachträglich gegen Sie ermitteln ist der, dass Frau Schmidt das Geld behalten kann. Über die Rechtmäßigkeit des Grundstückverkaufs werden andere entscheiden. Guten Tag."

„Was für ein widerlicher Typ", schnaubte Lars, als sie vor der Tür auf dem Bürgersteig standen. „Und jetzt fahren wir zum Gemeindebüro, ich will Klarheit."

„Danke für die Auskunft!" Zufrieden steckte Thomas Wendtner sein Handy in sein Jackett und fuhr zu dem Gelände am Stadtrand von Iserlohn. Direkt an der Grenze zu Hemer fand er den Neubau, weiß, mit einer großzügigen Grünanlage, Bänken und schattigen Plätzen. Nachdenklich sah er auf das Areal und die Menschen, die sich dort bewegten. Würde er später auch einmal in einer solchen Einrichtung für Senioren landen? Ganz allein, ohne Lisa und Hanna? Der Gedanke ließ ihn schaudern, er versuchte, ihn zu verdrängen. Das Alter kam von selbst, es musste ihn nicht schon jetzt belasten. Warum hatte er von dem Bau dieser Seniorenanlage nichts mitbekommen? Über den wurde in seiner Zeitung sicher berichtet, hatte er das verdrängt? Oder nicht mit dem Verkauf des fraglichen Geländes in Verbindung gebracht? Sein Handy schellte, er sah auf das Display. Anna Merzen. Verdammt, was wollte die schon wieder?

„Guten Tag, Frau Merzen. Etwas ins rechte Licht rücken? Ja, ich komme gleich vorbei." Verflucht, warum hatte er sich auf dieses Geschäft eingelassen? Jetzt hatte sie ihn in der Hand. Er war gespannt, was er berichtigen sollte. Und fürchtete sich davor.

„Warum hast du darüber nicht schon früher geschrieben? Diese Nachricht wäre auch ohne den Mord einen Bericht wert gewesen."

„Sei nicht sauer, Jochen, diese Information habe ich erst jetzt bekommen, durch eine Informantin, davon wusste ich früher nichts."

„Hat diese Informantin auch einen Namen? Eine Adresse? Thomas, für solche Behauptungen brauchen wir Belege, Quellen, keine dubiosen Mutmaßungen."

„Keine Mutmaßungen, Jochen, ich habe eine Quelle. Die hat sich erst jetzt, nach dem Mord an dem Pfarrer, wieder daran erinnert."

„Dann hoffe ich für dich, dass sie dabeibleibt. Ich hatte heute schon ein Gespräch mit einem Kommissar Lars Krenk, der Name dürfte dir bekannt sein. Der hat sich genauso wie ich über deinen Artikel gewundert. Der Pfarrer wollte den Kauf des Geländes verhindern, weil er es selbst kaufen wollte? Aus welchem Grund? Der Polizei liegen ganz andere Informationen vor, der Pfarrer wollte eine Sauerei öffentlich machen, darum ging es, sagte der Kommissar. Thomas, ich erwarte von dir saubere Recherche und klare Quellen. Dass ich dir solche Selbstverständlichkeiten noch sagen muss, verstehe ich nicht. Das ist das zweite Mal innerhalb kurzer Zeit, dass du solchen Mist raushaust. Ab sofort legst du mir alles, was du schreibst, vor, ich will alles sehen, auch jede kleine Meldung, ist das klar?"

Thomas fühlte sich wie der dümmste Volontär an seinem ersten Tag. Warum hatte die Merzen darauf bestanden, dass der Pfarrer so schlecht wegkam? Er quasi die Schuld am platzen des Deals trug? Die Sache war doch mittlerweile belanglos. Er seufzte, stand auf und nahm seine Jacke, Zeit, Feierabend zu machen. Jochen würde sich bis morgen wieder beruhigen.

Er folgte dem Mann, seit er aus dem Büro kam. Hatte auf ihn gewartet, mehr als eine Stunde. Beobachtete ihn, seinen lässigen, fast gelangweilten

Gang, seine Art, den Kopf zu drehen, seine Angewohnheit, alle zehn Minuten auf die Uhr zu sehen, mit der linken Schulter zu zucken und seine rechte Hand auszuschütteln. Er war etwas größer als er, aber deutlich schmächtiger und zwanzig Jahre älter. Wieder einmal blieb er vor dem Schaufenster des Schuhgeschäftes stehen, sah sich die Lederschuhe an. Sportschuhe interessierten ihn nicht, das wusste er. Ging weiter zu der Metzgerei, die vor dem Laden einen Imbiss hatte, kaufte sich dort, wie jeden Mittwoch mittags, eine Bratwurst ohne Senf, ging ein paar Schritte weiter, blieb stehen, aß sie nicht im Gehen, wie immer. Dann wechselte er die Seite der Fußgängerzone, blieb vor dem Handygeschäft stehen, nie länger als eine Minute, ging weiter zum Juwelier, sah in die Auslagen, auch nebenan beim Optiker und dem Geschäft für Geschenkartikel, bis er wieder auf die Uhr sah, umdrehte und zurück zum Büro ging. So bürgerlich, so brav und bieder. Und doch ein Monster. Jemand, der über Leichen ging, wenn es ihm nutzte. Er kannte ihn besser als er selbst. Bald war es Zeit.

„Wir dürfen uns darin nicht verlieren."

„Worin verlieren, was meinst du?" Ratlos schaute Lars Sabrina an.

„In diesen vielen Kleinigkeiten. Wir wissen nicht, welche Bedeutung dieser alte Immobiliendeal für den Fall hat oder ob er nebensächlich ist. Wir haben viel

Zeit und Energie auf diese Sache verwendet, müssen uns auch auf die anderen Morde konzentrieren."

„Das machen wir doch, aber dieser Deal könnte noch sehr wichtig sein, dank Frau Schmidt."

„Hat sie gesagt, worum es bei dieser Umweltsauerei ging?"

„Nein, Genaues wusste sie nicht, nur, dass dort etwas verbuddelt wurde, was dort nicht sein durfte. Sie vermutete Chemieabfälle."

„Aus dem Betrieb des noblen Herrn Dr. Friedhelm Merzen."

„Dessen Sekretärin zufällig die Inhaberin der IS Invest ist."

„Und die sich um sämtliche Immobilien der Familie Merzen kümmert, private wie betriebliche. Zufälle gibt's im Leben."

„Diese feine Ironie mag ich so an dir, liebe Sabrina", lächelte Lars seine Kollegin an. „Die Sekretärin kriegt als offizielle Inhaberin des Ladens garantiert nur etwas auf ihr Gehalt drauf, damit es sich für sie auch lohnt."

„Also wusste unsere saubere Anna Merzen längst, worum es tatsächlich ging. Was glaubst du, welche Folgen wird das für das Seniorenheim haben?"

„Keine Ahnung, ob das weiter betrieben werden darf. Informieren müssen wir die zuständigen Behörden natürlich, die werden den Boden untersuchen. Und wer ist für die Schweinerei verantwortlich? Richtig, die Sekretärin als Inhaberin und unser aalglatter Herr Müller als Geschäftsführer. Der hat den aufrechten Pfarrer Bender mit dieser fingierten Anzeige erpresst. Schweigen gegen die Rücknahme der Anzeige."

„Und die Merzen geht straffrei aus."

„Scheint so. Hast du etwas über den verschwundenen Jens Brucker?"

„Er hat sich einmal bei der Mutter gemeldet und ihr gesagt, sie solle sich keine Sorgen machen, er brauche etwas Zeit."

„Dann ist die zumindest beruhigt, nehme ich an." Lars lehnte sich zurück und warf den Kugelschreiber auf die Akte. „Was mir keine Ruhe lässt, ist die Symbolik der Morde. Das Veilchen als Zeichen der Demut bei Mehmet Kurum, die Embryonalhaltung und das Zitat bei Pfarrer Bender sowie der vergrabene Friedhelm Merzen."

„Mit dem Röhrchen im Mund, damit die Seele entweichen kann."

„Verdammt, was soll die Botschaft sein? Etwas Biblisches? Oder, allgemeiner, Religiöses?"

„Oder Werte, moralische und gesellschaftliche? Mehmet Kurum war ein kleiner Dealer und ein Großmaul, sollte er Demut lernen? Demütig sein im Tod? Bei Pfarrer Bender kann ich mir nur die falschen Vorwürfe des Missbrauchs als Motiv denken, das würde zu seiner Körperhaltung am Fundort und den Zettel mit dem Zitat passen."

„Und Friedhelm Merzen? Sollte der sich auf seine Seele besinnen? Um sein Seelenwohl? Wie es viele andere erfolgreiche Menschen auch nicht machen? War das die Annahme des Täters?"

„Könnte sein", nickte Sabrina, „das passt. Zu welchem Wertekanon passen die? Zu den Todsünden nicht, das weiß ich seit dem Film *Sieben*."

„Eine gute Aufgabe für morgen, wir durchwühlen das Netz nach diesen Begriffen, vielleicht bringt uns das weiter. Ich fürchte fast, wir haben nicht viel Zeit."

„Das habe ich auch gedacht", sagte Sabrina leise. „Es wird Zeit für Nummer vier."

Dieser kleine Rotzlöffel. Eine halbe Million Euro will er. Sie nahm einen Stift und strich die letzten beiden Nullen durch. Dann schrieb sie *Und keinen Cent mehr* dazu. *Deiner Mutter werde ich eine Festanstellung geben. Mein erstes und einziges Angebot.*

Erledigt. Dann rief sie ihre Sekretärin an und sagte ihr, sie solle Renate Brucker zu einem Vorstellungsgespräch einladen, morgen. Jetzt der Journalist.

„Herr Wendtner, wie schön, von Ihnen zu hören. Ich bin mit ihrer bisherigen Arbeit sehr zufrieden, unser Haus darf auch weiterhin mit diesem Schmutz nicht in Verbindung gebracht werden. Leider steht noch der Vorwurf im Raum, dass illegale Stoffe im Boden des Seniorenheims enthalten sein sollen. Damit hat die Firma nicht das Geringste zu tun. Es wäre prima, wenn Sie ein Kommunikationskonzept erstellen, aus dem das sehr deutlich hervorgeht. Ach, und noch eine Frage. Ich möchte zu Ehren meines Mannes eine Biografie erstellen lassen. Entsprechendes Material, Fotos als auch Informationen und Daten, werde ich zusammenstellen. Ich würde mich sehr freuen, wenn Sie die Erstellung dieser Biografie übernehmen würden, gegen entsprechendes Honorar natürlich. Es würde so hoch sein wie das, was Sie bisher bekommen haben. Es wäre wünschenswert, wenn Sie mir eine positive Nachricht zukommen lassen würden. Bis bald, Herr Wendtner." Sie liebte es, Probleme zu beseitigen.

„Warum haben Sie Friedhelm Merzen getötet?" Lars beobachtete den schwarzgekleideten Mann, der ihm und Sabrina gegenübersaß. Die Hände hatte er ineinander verschlungen, die Augen starr auf die Tischplatte gerichtet. Er atmete flach, stand unter Stress. Und das war gut.

„Ich warte auf eine Antwort, warum dieser Mord?"

„Ich ... ich kenne den Mann nicht."

„Ich kann Sie kaum verstehen, sprechen Sie bitte etwas lauter. Was haben Sie gesagt?"

„Dass ich den Mann nicht kenne, das habe ich gesagt."

„Sie ermorden also einen Mann, den Sie nicht kennen", stellt Sabrina klar.

„Nein, was ich meinte - ich habe niemanden umgebracht, das wollte ich damit sagen."

„Sie lügen."

„Nein, verdammt, ich lüge nicht!"

„Jetzt sprechen Sie endlich so, dass ich Sie verstehe."

„Ich habe wirklich niemanden ermordet, das müssen Sie mir glauben."

„Wie oft habe ich diesen Satz schon gehört", lachte Lars und sah Sabrina an.

„Ja, und fast immer war er gelogen."

„Nein, das stimmt nicht, dass ich ihn umgebracht habe, das habe ich doch nur so geschrieben."

„Setzen Sie sich wieder und schreien müssen Sie auch nicht. Sie wollen uns also sagen, dass wir Sie nicht ernst nehmen sollen, habe ich das richtig verstanden?"

„Was für ein Unsinn, was reden Sie da, ich habe niemand umgebracht, das ist die Wahrheit."

„Sie sind also unschuldig. Warum Friedhelm Merzen?"

„Verdammt, ich habe Ihnen doch gerade gesagt, dass ich ihn nicht kenne und ich niemanden getötet habe. Ja, ich habe Scheiße geschrieben auf meinem Account, wollte mich wichtig machen, aber ich habe niemand ermordet."

„Sie haben sich im Netz zu den ersten beiden Morden geäußert, den Eindruck erweckt, Sie wären der Täter. Haben Fotos dazu veröffentlicht. Wenn Sie tatsächlich nicht der Mörder sind, woher stammen die Informationen, die Fotos?"

„Herrgott, übers Netz, das geht doch heute verdammt schnell. Was kann ich denn dafür, dass Sie zu alt sind, um das zu begreifen?"

Lars beugte sich zu Sabrina rüber, hielt seine Hand an ihr Ohr und flüsterte: „Für diese Bemerkung bleibt er heute Nacht hier."

Sabrina lachte kurz, wurde schnell wieder ernst. „Sie sind also ein Angeber, der es nötig hat, sich als Mörder auszugeben. Allerdings kamen manche ihrer Nachrichten sehr schnell nach den Taten – wieso?" Sabrina stand auf und beugte sich zu dem Mann, ihre Stimme laut und eindringlich. „Woher wussten Sie von der Rangelei im Wald, die wir mit dem Fahrradfahrer hatten? Das konnte nur der Täter wissen, Sie allein! Sie lügen, Sie sind der Mörder."

Der leicht füllige Mann mit dem Dreitagebart lehnte sich zurück und schloss die Augen. „Das

Material habe ich von einem Freund, er ist einer von den Rettungssanitätern, die dabei waren. Aber das können Sie sicher nachprüfen. Dass Sie im Wald, am Asbecker Weg niedergeschlagen wurden, habe ich gesehen. Ich bin häufig dort und lasse meine Drohne fliegen, ich beobachte nämlich gerne Tiere, wissen Sie. Es war reiner Zufall, dass ich zu der Zeit dort war, wirklich, das müssen Sie mir glauben", wimmerte er. „Ja, ich hätte die Szene nicht ins Netz stellen sollen, aber sie beide waren darauf doch gar nicht zu erkennen. Außerdem habe ich für die anderen Zeiten ein Alibi."

„Jetzt knöpfe ich mir diese beiden Arschgeigen aber wirklich vor, das darf doch wohl nicht wahr sein", hieb sie mit der Faust auf den Tisch.

„Machen wir, Sabrina. Sie haben also mit all dem nichts zu tun, sitzen nur hinter der Tastatur und hauen erfundene Nachrichten in die Welt, sehe ich das richtig?"

Der Mann zuckte mit den Schultern. „So funktioniert das Netz, die sozialen Medien. Machen alle so."

„Aber nicht alle schützen sich so gut wie Sie, über das Darknet, über den Tor-Browser."

„Sie haben auch überhaupt keine Ahnung, oder? Das ist doch kinderleicht."

Wieder beugte sich Lars zu Sabrina. „Zwei Nächte", flüsterte er.

174

„Paul Hemmer, einundvierzig Jahre, freiberuflicher Dozent bei verschiedenen Bildungsträgern. Polizeilich bislang nicht in Erscheinung getreten. Ledig, wohnt zur Zeit bei seiner Mutter."

„Die die Anwesenheit ihres Sohnes bestätigt hat. Solche Typen habe ich gern", schnaubte Sabrina, „kriegen nichts auf die Kette, kriechen als Erwachsene bei Mutti unter und schießen von ihrem Kinderzimmer aus ihren Hass und ihre Dummheit in die Welt."

„Wie er schon sagte, so funktioniert das Netz. Aber ich habe gleich noch von den Kollegen des LKA den anderen Anschluss ermitteln lassen. Der, auf dem Frau Brucker und ihr Sohn schlecht gemacht, in die Nähe eines Mörders gerückt wurden. Ehrlich gesagt, gewundert hat es mich nicht. Es ist der Rechner von Thomas Wendtner. Ich werde ihn vorladen, dann kann er uns auch erzählen, was die tendenziösen Artikel über den Pfarrer sollten, welche Absicht dahintersteht. Mal ganz abgesehen davon, dass er immer noch unser Hauptverdächtiger ist."

Thomas Wendtner wunderte sich. Das große weiße Tor vor der Villa von Anna Merzen stand offen. Er nutzte die Gelegenheit und fuhr auf dem weißen Kies bis vor den Eingang und parkte dort. Er stieg aus, ging die wenigen Stufen hoch und sah, dass die schwere Haustür einen Spalt offenstand. „Frau Merzen? Hallo?" Vorsichtig drückte er die Tür weiter auf und sah in den weitläufigen Eingangsbereich. Keine Anna Merzen, kein Geräusch, nur Stille. „Hallo?" Er ging vorsichtig in die Halle, so, als wolle er die Stille nicht stören. Vielleicht war sie auf der Terrasse und hatte vergessen, die Tür zu schließen. Er ging weiter, zum Wohnzimmer – dort lag sie. Wie vom Schlag getroffen, blieb er stehen, sah hinunter auf die Frau vor ihm, in einem roten Kleid und einer ebenso roten großen Blutlache, die sich auf dem weißen Marmorboden gebildet hatte. Die Augen aufgerissen, Arme und Beine merkwürdig verdreht - Thomas hatte noch nie einen Toten gesehen, aber diese Frau war tot. Der Schock wich langsam aus seinem Körper, er atmete wieder und machte zwei Schritte vorwärts, ging in die Knie, schob den schweren Kerzenhalter zur Seite, der vor ihm lag. „Frau Merzen?" Beim Sprechen fiel ihm auf, dass er flüsterte, dann legte er zwei Finger auf ihre Halsschlagader. Er spürte nichts, außer, dass sie noch warm war. Ihm war klar, dass er von ihr keine Antworten mehr bekommen würde.

„Hallo, Frau Merzen?"

Ruckartig drehte sich Thomas um und sah in das entgeisterte Gesicht eines Mannes in einer braunen Uniform, mit einem Paket in der Hand. Zwei Sekunden, länger dauerte es nicht, dann ließ er das Paket fallen, drehte sich um und lief. Während Thomas noch immer neben der toten Frau kniete, hörte er den Motor des Lieferwagens aufheulen und die Räder, die im Kies durchdrehten. Langsam und mit offenem Mund stand er auf, versuchte, durch die Panik und den Nebel in seinem Gehirn einen klaren Gedanken zu fassen. Ein Mörder. Dieser Bote hielt ihn für den

Mörder von Anna Merzen. Natürlich, das musste er, ihm blieb gar nichts anderes übrig. Was jetzt, wohin? Zur Polizei, zu den Kommissaren? Aber die hielten ihn ohnehin für einen Mörder, hatten nur nichts gegen ihn in der Hand. Und er nach wie vor kein Alibi. Lieferte er ihnen nicht genau den Grund, den sie brauchten, wenn er jetzt dort auftauchte? Zeit. Er brauchte Zeit. Wie in Trance wischte er sich die Hände an seiner Hose ab und begann zu gehen, langsam, trat hinaus in den hellen Mittag, hörte die Vögel zwitschern und setzte sich hinters Steuer. Wohin? Nach Hause? Ja, so schnell würden sie dort nicht auftauchen, der Paketbote wusste ja nicht, wer er war. Er brauchte ein paar Sachen und Geld, schnell. Thomas ließ den Motor an und fuhr los.

„Strafe und Schuld, darum geht es!"

„Mal davon abgesehen, dass dir meine Bewunderung sicher ist, wie kommst du darauf?"

„In den Augen des Täters haben alle Opfer Schuld auf sich geladen. Juristische Schuld wie bei Mehmet Kurum, moralische oder soziale Schuld bei Friedhelm Merzen und Pfarrer Bender. Seine Sichtweise ist anders als unsere, ich gehe von einem Soziopathen aus."

„So gesehen ist Mehmet Kurum der Einzige, der beide Arten von Schuld in sich vereint. Glaubst du, die Auffindorte besitzen eine eigene Symbolik? Oder die Todesursachen?"

„Nein, weder noch. Merzen ist erfroren, das ist außergewöhnlich, Kurum wurden die Pulsadern aufgeschnitten und der Pfarrer starb durch Erdrosseln. Alle waren betäubt, dem Täter ging es nicht darum, seine Opfer leiden zu lassen." Sabrina nahm einen Schluck aus ihrer Getränkedose und lehnte sich auf das Geländer an dem Fußweg. „War übrigens eine gute Idee, zum Seilersee zu fahren, die frische Luft bringt die kleinen grauen Zellen in Bewegung."

„Manchmal habe ich eben auch brauchbare Einfälle, meine Liebe."

„Fishing for compliments, was? Und grins nicht so. Nein, ich denke nicht, dass die Orte wichtig sind. Offensichtlich wäre es wieder bei Mehmet Kurum der Fall, direkt vor einer Kirche. Warum eigentlich nicht vor einer Moschee? Aber die anderen beiden? Beim Pfarrer sehe ich überhaupt keinen Zusammenhang zwischen ihm, seinem Amt und dem Ort mitten im Wald. Dort kommen viele Menschen vorbei, Autofahrer und Spaziergänger. Ebenso bei Friedhelm Merzen, nur wenige hundert Meter davon entfernt. Bei beiden war die Wahrscheinlichkeit, dass sie gefunden werden, sicher bis sehr hoch."

„Du meinst den vergrabenen Merzen."

Sabrina nickte. „Bushido."

„Bitte was? Bushido? Ist das nicht dieser rappende Gangster aus Berlin?"

„Auch. Vor allem ist es, grob gesagt, ein Verhaltenskodex der japanischen Samurai. Er umfasst sieben Werte, vielleicht vergleichbar mit den Begriffen, die auch bei uns bis heute als Ritterlichkeit gelten. Ich habe gestern noch einige Zeit im Internet verbracht, wegen unserer Diskussion um die Werte und Gründe."

„Du meinst, wir suchen einen Japan-Fan? Jemanden, der für Krieger und Ritter schwärmt, einen Fanatiker?" Ungläubig starrte Lars Sabrina an.

„Einen psychisch gestörten Menschen allemal, vielleicht einen Kampfsportler."

„Puh", seufzte Lars, „ich weiß nicht, wie viele es davon in Iserlohn gibt, aber es dürfte lange dauern, die zu überprüfen."

„Fangen wir mit den Personen an, die bislang in diesem Fall auftauchen. Allen voran Thomas Wendtner."

„Ja?" Lars störte die Unterbrechung durch das Telefon. „Was? Verdammte Scheiße, das darf doch nicht wahr sein." Damit drückte er das Gespräch so heftig weg, dass Sabrina Angst um die Existenz des Apparates bekam.

„Was ist passiert?"

„Deine schöne Theorie ist beim Teufel. Und Anna Merzen auch. Sie wurde ermordet."

Thomas sah sich um, als wüsste die halbe Welt, dass er untertauchen wollte. Den einsamen Nachbarn, der ihm ein Schwätzchen aufdrücken wollte, bügelte er eilig mit einem freundlichen Gruß ab. Wohin? Erst einmal raus aus seiner Straße. Als er rückwärts aus der Einfahrt fuhr, sah er auf sein Haus. Würde er es je wiedersehen? Mit Lisa und Hanna wieder unter einem Dach wohnen? Egal, er musste weg, schnell, bevor die Bullen auftauchten. Wohin? Hotels und Pensionen fielen aus, ebenso Ferienhäuser. Sollte er Lisa anrufen? Wie immer, wenn er nicht mehr weiterwusste. Dann kam ihm die Idee: die alte Brauerei! Da war doch kein Mensch mehr und er wusste von mehreren Presseterminen, dass auf dem Gelände Häuser standen. Er hielt an, ging zurück zur Garage und nahm aus dem Werkzeugkasten das Montiereisen, mit dem er an ihren Fahrrädern die Reifen wechselte. Dann setzte er seinen Weg fort, mit dem Ziel Grüner Tal. Dort fuhr er langsam an dem Hauptgebäude der alten Iserlohner Brauerei vorbei. Tatsächlich, rechts davon stand ein kleines weißes Haus, die Jalousien unten. Er fuhr auf den Parkplatz davor und sah sich um. Niemand zu sehen, der Weg zum Haus war mit Büschen überwuchert. Strom und Wasser würde er dort sicher nicht finden, waschen konnte er sich an einem Bach, wie früher, als Pfadfinder. Ein, zwei Nächte, länger würde es nicht dauern, bis er sich entschieden hatte. Oder sich von der Freiheit verabschiedet. Wenn es dunkel war, würde er wiederkommen.

„Ganz profan erschlagen, keine Botschaft, keine Symbolik, nichts, das passt nicht. Nur eine Leiche und ein blutiger Kerzenständer."

„Und ein Zeuge."

„Der Paketbote dort drüben?"

„Ja, er hat uns angerufen. Sprechen wir mit ihm."

Sabrina und Lars gingen zu dem schlanken Mann in der braunen Kluft, der vor seinem Transporter stand. Sabrina schätzte ihn auf Ende vierzig, knapp einen Meter achtzig groß, beginnende Glatze. Er sprach lebhaft und gestenreich mit dem uniformierten Kollegen.

„Guten Tag, Krenk und Dürmer von der Kriminalpolizei, und Sie sind?"

„Plagitz, Gerd Plagitz. Mein Gott, war das ein Schock, die arme Frau Merzen, wer macht denn so was?"

Der Mann war sichtlich aufgebracht, seine Hände bewegten sich flink vor ihm, seine Augen geweitet.

„Herr Plagitz, versuchen Sie, sich zu beruhigen, das wäre wichtig. Sie haben den Mann gesehen, der neben Frau Merzen kniete, können Sie ihn beschreiben?"

„Natürlich, den werde ich nie vergessen, was für ein Schock. Wie groß er war, kann ich natürlich nicht so genau sagen, weil er in der Hocke war, aber ich schätze, etwa so wie ich. Er war schlank, hatte dunkle kurze Haare, etwas wirr, trug normale Sachen, also eine Jeans und ein helles Hemd und eine dünne runde Brille, das ist alles."

„Das ist schon sehr viel, Herr Plagitz, ich wünsche mir oft, dass andere Zeugen in so kurzer Zeit so viel bemerken. Ist Ihnen sonst noch etwas aufgefallen?"

„Nein, ich habe schon nachgedacht, aber vor meinen Augen sehe ich immer nur die tote Frau Merzen, wie sie in ihrem Blut liegt, oh Gott, die Arme, sie war immer so freundlich. Ach, eine Sache noch", stieß er ruckartig mit dem Zeigefinger nach vorn, „da stand ein Auto vor dem Eingang, das habe ich hier noch nie gesehen, ich interessiere mich nämlich sehr für Autos, wissen Sie, ich habe selbst zwei BMW, einen alten und einen neuen, außerdem ..."

„Herr Plagitz", unterbrach ihn Sabrina, „wenn Sie sich für Autos interessieren können Sie uns doch sicher die Marke verraten."

„Nicht nur die Marke", lächelte der Mann stolz, „es war ein metallicblauer Skoda Octavia Kombi, neueres Baujahr."

Sabrina sah Lars an, dem ein feines Lächeln um die Mundwinkel spielte. „Wir möchten Ihnen etwas zeigen, Herr Plagitz."

„Es ist nett, dass du gekommen bist, Lisa, danke. Bei Sarah wollte ich dich nicht treffen."

„Thomas, wie siehst du nur aus? Was sind das für Flecken auf deinem Hemd und auf der Hose? Du bist ja völlig von der Rolle."

„Lisa, ich muss dir etwas erklären. Ich werde bald als Mörder gesucht, das ist sicher."

„Als Mörder? Thomas, was ist passiert?" Fassungslos starrte sie auf den Mann, den sie geliebt hatte.

„Lass uns ein paar Schritte gehen. Ich war heute bei Anna Merzen, es ging um ein Geschäft, das sie mir vorgeschlagen hatte."

„Was machst du für Geschäfte mit dieser Frau, Thomas, was soll das alles?"

„Das erkläre ich dir gleich. Jedenfalls lag die Merzen bereits tot im Zimmer, als ich ankam, in einer großen Blutlache. Ich habe nach dem ersten Schock natürlich geprüft, ob sie noch lebt. Dabei habe ich einen blutverschmierten Kerzenständer zur Seite geschoben, erst später fiel mir ein, dass sie wahrscheinlich damit erschlagen wurde."

„Um Gottes willen!" Lisa hielt ihre Hände vor ihren Mund, konnte kaum glauben, was sie hörte.

„Ich hatte gar nicht gemerkt, dass genau zu der Zeit ein Paketbote kam. Der hat mich gesehen, mit der Leiche, Blut an den Händen, der Mann muss mich doch für den Mörder halten. Wenn der mich beschreibt, wissen die Kommissare, wen sie suchen müssen. Wenn sie es nicht schon tun."

„Thomas, das ist ja schrecklich. Du musst zur Polizei, sofort, und ihnen alles erklären. Die müssen dir glauben."

„Die? Nichts werden die", schnaubte er verächtlich, „die glauben doch auch, ich hätte was mit den Morden an den anderen zu tun. Nur, weil ich sie kannte. Aber das stimmt doch alles nicht! Leider habe ich für die Zeiten, in denen die drei ermordet wurden, keine Zeugen, ich war zuhause."

„Was hast du vor, du kannst doch nicht fliehen. Die werden dich erwischen, also fahr hin und erzähle, wie es war."

„Ich will nachdenken, zur Ruhe kommen, nur ein, zwei Tage, bis ich mich entschieden habe. Wo ich mich in der Zeit aufhalte, werde ich dir nicht sagen, damit du nicht lügen musst. Lisa, ich weiß nicht mehr, was richtig und falsch ist, mein Leben ist komplett aus den Fugen."

„Was wolltest du bei der Merzen, welche Geschäfte hattest du mit ihr vor? Du bist doch Journalist."

„Sie hat mich angeheuert für zwei, drei PR-Sachen, die ich für sie geschrieben habe. Es ging darin um den Ruf ihrer Familie und den anderer Leute."

„Thomas, ich merke dir an, wenn du nicht die Wahrheit sagst. So etwas hättest du früher nie getan, um deine journalistische Unabhängigkeit nicht zu gefährden. Was ist los mit dir?"

Er holte tief Luft und sah auf den Waldboden vor ihm. „Es ging um Geld, viel Geld. Ich dachte, ich brauche es bald, wegen der Scheidung, wegen des Hauses und weil ich nicht weiß, ob ich noch lange Redakteur bin oder arbeitslos."

„Gibst du jetzt mir die Schuld? Weil ich gegangen bin? Ich verstehe dich nicht mehr, Thomas."

„Nein, du hast keine Schuld, es war allein meine Entscheidung. Wenn die Polizei kommt und dich fragt, ob wir miteinander gesprochen haben, was wirst du sagen?"

Lisa schwieg einen Moment, dachte nach. „Ich werde nicht lügen, auch, um dich zu schützen."

„Den haben wir bald."

„Das denke ich auch. Das Suchbild ist auf allen sozialen Plattformen, in den Zeitungen und auch in der *Aktuellen Stunde*. Lange kann der sich nicht verstecken. Verstehen kann ich ihn allerdings nicht."

„Sein Verhalten ist schon merkwürdig, das stimmt, Sabrina. Aber die Beweise sind eindeutig, ein Zeuge hat ihn am Tatort gesehen und seine Fingerabdrücke sind auf der Tatwaffe."

Nachdenklich rieb sich Sabrina mit zwei Fingern die Nasenspitze. „Ich rätsel nach wie vor über seine Motive."

„Er hatte vierzigtausend Motive. So viel hatte ihm Anna Merzen überwiesen, wofür auch immer. Vielleicht hat er sie erpresst, mit einem Detail, das er herausgefunden hat und wir noch nicht kennen."

„Noch ein Grund weniger, sie umzubringen. Da wäre für ihn noch mehr zu holen gewesen."

„Oder sie hat ihn unter Druck gesetzt, gedroht, alles auffliegen zu lassen. Damit wäre er erledigt gewesen, ein Journalist, der Geld nimmt, der *Stadtanzeiger* hätte ihn sofort rausgeschmissen."

„Er reagiert panisch, Lars. Dem geht alles über Bord, es ist die nackte Angst."

Vorsichtig, immer wieder über die Schulter blickend, setzte er das Montiereisen an. Das Licht der Stirnlampe hatte er mit einem Tuch verdunkelt, auch wenn er die Gefahr, entdeckt zu werden, für sehr gering hielt. Es war stockdunkel, er war von Büschen umgeben und auf der Straße fuhr nur selten ein Auto vorbei. Von dort sollte er unsichtbar sein. Die Tür bot kaum Widerstand, mit einem dumpfen Geräusch gab sie nach. Thomas ging vorsichtig hinein und nahm den Lappen von seiner Stirnlampe. Es waren noch Möbel in dem einzigen Raum, ein alter Küchenschrank, ein Resopaltisch und drei Holzstühle. Ein leises Scharren verriet ihm, dass er nicht alleine war, er hatte mit tierischen Mitbewohnern gerechnet. Er zog den verstellbaren Campingstuhl in den Raum, der würde ihm für ein oder zwei Nächte reichen. Er hatte ihn von einem Sperrmüll mitgenommen, einen im Baumarkt zu kaufen, wagte Thomas nicht. Er wusste, dass er gesucht wurde. Seinen Wagen hatte er im hinteren Teil des Brauerei-Geländes geparkt, morgen früh würde er ihn wegfahren, in den Wald. Er traute sich trotz der muffigen und feuchten Luft nicht, eines der beiden Fenster zu öffnen. Thomas setzte sich, schloss erschöpft die Augen. Der Tag, die nervliche Anspannung war sehr anstrengend gewesen. Trotz des unbequemen Sitzes schlief er ein, die Frage *Was jetzt?* ließ ihn für wenige Stunden in Ruhe. Bis sein Handy vibrierte.

„Irgendwie kommt der mir bekannt vor." Sabrina schaute zu dem jungen Mann, der mit einigem Abstand um das Haus von Thomas Wendtner ging, in sein Auto stieg und losfuhr. „Den habe ich schon mal gesehen", murmelte sie halblaut.

„Dann kannst du noch den ganzen Abend versuchen, dich an ihn zu erinnern. Lass uns Feierabend machen, es ist schon spät. Der Wendtner kommt nicht mehr nach Hause, so blöd ist er nicht." Lars startete den Wagen und fuhr los. „Ich bring dich nach Hause."

„Magst du noch mit hochkommen?" Sabrina hatte die Autotür bereits geöffnet, als sie Lars anlächelte.

„Heute nicht, tut mir wirklich leid, aber ich bin hundemüde. An einem anderen Tag jederzeit, wirklich, ich hoffe, du weißt das."

„Okay, bis morgen." Sie sah dem Wagen hinterher, bis er nach rechts abbog. Schade, sie hatte damit gerechnet, dass er mitkam. Den ganzen Tag waren sie so vertraut, hatten miteinander gelacht und sie hätte nichts dagegen gehabt, morgen früh zusammen mit ihm zum Präsidium zu fahren. Wer weiß, vielleicht war es auch besser so. Sie schloss die Haustür auf, ging nach oben und öffnete. Wie jeden Abend wurde sie von Max, ihrem schwarzen Kater, maunzend begrüßt. Er schmiegte sich schnurrend um ihre Beine, Sabrina nahm ihn hoch und setzte sich, Max kraulend, auf das Sofa. „Du bist nicht für alles ein Ersatz", flüsterte sie, „aber für vieles."

„Das ist die Nummer vom Wendtner." Überrascht sah Lars auf das Display des Telefons, nahm den Hörer ab und meldete sich. „Sie wissen sicher, dass wir nach Ihnen fahnden? Ich kann Ihnen nur den Rat geben, sich ... Beruhigen Sie sich doch erst einmal. Was ist passiert? Ihre Frau? Ja, nein, das müssen Sie auch nicht. Was wollen Sie? Das kann verdammt gefährlich werden. Herr Wendtner, ist es okay, wenn ich kurz mit meiner Kollegin spreche und Sie wieder anrufe? Ja, Sie haben mein Versprechen, wir werden nicht versuchen, Sie zu orten, mein Wort."

So verwirrt und überrascht hatte Sabrina Lars selten gesehen. „Was ist passiert, was wollte der?"

„Seine Frau ist entführt worden", sagte Lars nachdenklich und lehnte sich in seinem Stuhl zurück. „Er hätte niemand ermordet, weder die drei Männer noch Anna Merzen, das sei ein blöder Zufall gewesen. Er war bei ihr, um Material für eine Biografie ihres Mannes zu holen, da habe er sie tot gefunden."

„Wir haben tatsächlich eine Mappe mit Notizen, Zeitungsausschnitten und Fotos von Merzen gefunden, das weißt du. Wann ist seine Frau verschwunden?"

Lars nickte. „Ja, das Material gibt es. Er sagt, er habe heute Nacht eine Nachricht bekommen, von ihrem Handy. Darin wurde ein Tausch vorgeschlagen, er gegen seine Frau."

„Wozu? Welchen Zweck soll das haben, und wer hätte einen Nutzen davon?"

„Das weiß er nicht, sagt er, könne sich nicht vorstellen, wer etwas von ihm will. Außer uns, natürlich. Er hat uns angeboten, den Lockvogel zu spielen, den Mann zu schnappen, der seine Frau entführt hat. Danach wolle er sich stellen, wir müssen ihm zusichern, dass wir ihn nicht schon vorher verhaften, das ist seine Bedingung."

„Scheiße", flüsterte Sabrina, „du weißt, was das bedeutet?"

„Klar", nickte Lars, „wir dürfen Hanno nichts davon erzählen, weil wir verpflichtet sind, ihn sofort zu verhaften. Und hoffen, dass alles klappt. Falls es schiefgeht, müssen wir ihm einiges erklären, ihm und dem Staatsanwalt."

„Und uns könnte es die Stelle kosten."

„Ja, das könnte passieren. Also, was hältst du davon, Sabrina?"

Die beugte sich nach vorn, lächelte ihn verführerisch an. „Ich denke, ohne Risiko wird mit der Zeit alles ein bisschen fad."

„Machen Sie sich keine Sorgen, den Sender entdecken nur Leute vom Fach. Ich rechne damit, dass Sie ihr Handy zurücklassen müssen, aber das ist kein Problem. Der Haftbefehl ist außer Vollzug und die Kollegen informiert, wir haben an alles gedacht."

Thomas Wendtner nahm noch einen Schluck Wasser, bevor er seine Jacke anzog. „Was will der Kerl von mir? Warum ich?", zuckte er verzweifelt mit den Schultern.

„Wir haben Ihnen unsere Theorie erklärt", beruhigte ihn Sabrina. „Es ist schwer, einen solchen Täter einzuschätzen, seine Motive zu verstehen. Vielleicht sieht er in Ihnen ein Symbol, einen Menschen, der einen seiner heiligen Werte verletzt hat."

„Werte hatte ich früher mal", schnaufte der Journalist, „für welche soll ich denn stehen? Und warum soll ich dafür sterben?"

„Genau das werden Sie nicht, Herr Wendtner", versuchte Lars ihn zu beruhigen, „es besteht für Sie keine Gefahr, wir bleiben ganz dicht bei Ihnen. Sobald er ihre Frau freigelassen hat, greifen wir uns den Kerl."

„Ich bin ja selbst schuld", seufzte der, „warum habe ich mich für diesen Mist überhaupt gemeldet?"

„Weil Ihnen ihre Frau immer noch nicht gleichgültig ist." Sabrina gab dem Mann sein Handy, das sie aufgeladen hatte. „Rufen Sie uns nur im Notfall an, wir werden uns nicht bei Ihnen melden. Die Übergabe darf nicht gefährdet werden."

Thomas Wendtner nickte. „Ich fahre jetzt los, zu der Stelle, an der ich warten soll."

„Er wird sie beobachten. Wir kommen in einer Stunde nach, wie vereinbart."

„Oder wenn das Signal sich bewegt, ich weiß. Bis später." Er nahm seine Jacke und verließ sein Haus.

„Entschlossenheit sieht anders aus."

„Hättest du keine Angst in so einer Situation, Lars? Immerhin riskiert er sein Leben." Sabrina ging durch das Wohnzimmer in den Flur. An der Garderobe hingen noch Jacken von seiner Frau und seiner Tochter. Merkwürdig, dachte sie, wie leblos ein Haus werden kann, wie schnell Sachen ihre Bedeutung verlieren können. Vorsichtig blickte sie über die halbhohe Gardine auf die Straße. Der junge Mann fiel ihr wieder ein, den sie gestern hier gesehen hatte. Es schien, als hätte er das Haus beobachtet, unauffällig. Woher kannte sie ihn? Sie drehte sich um, versuchte, die grüblerischen Gedanken zu verscheuchen und ging zurück zu Lars, als sie mitten in der Bewegung stehenblieb. Sie wusste, wo sie ihn gesehen hatte.

Lars stand im Wohnzimmer und blickte auf sein Handy, scheinbar gelassen mit einer Hand in der Hosentasche. „Wir haben einen schrecklichen Fehler gemacht", flüsterte Sabrina, als sie vor ihm stand. „Einen tödliche Fehler."

Stirnrunzelnd sah er sie an. „Was meinst du? Von welchem Fehler sprichst du?"

„Von dem Mann, der gestern Thomas Wendtners Haus beobachtet hat. Ich weiß wieder, wo ich ihn gesehen habe."

„Also, ich kann mich nicht erinnern."

„Stell ihn dir in einer dunklen Uniform vor, der Kleidung eines privaten Sicherheitsdienstes, mit einem Namensschild, Schneider."

„Sabrina, ich kann dir nicht folgen, was ist mit dem Mann? Und was hat er mit diesem Fall zu tun?"

„Erinnerst du dich an unseren Gang zum Rathaus? Als uns dieser Security-Mann aufgefallen ist, als wir einen Witz gemacht haben? Ob die Mitarbeiter im Rathaus schon so viel Angst hätten?"

„Ja, jetzt, wo du es sagst, aber ich hätte ihn nicht wiedererkannt. Was ist mit ihm?"

„Er hat einen Satz gesagt." Sabrina sah Lars an, keine Bewegung ihrer Augen, die Stimme leise. „Er sagte, er stünde dort wohl wegen des Toten, den man am Asbecker Weg gefunden hatte."

„Was ist daran so ungewöhnlich, ich verstehe nicht?"

„Zu dem Zeitpunkt stand nur in den Zeitungen, dass der Mann gefunden wurde. Nicht, wo. Und unsere Rettungssanitäter waren nicht am Ort."

„Scheiße", fluchte Lars leise, „du meinst ..."

„Ja", nickte sie, „der Mann hatte Täterwissen."

Auf dem Weg zurück zum Präsidium drückte Lars mächtig aufs Tempo. Sie sprachen kein Wort, beide wussten, was jetzt zu tun war.

„Ich rufe als Erstes bei der Stadt an, und wenn ich den Namen der Sicherheitsfirma kenne, dort", sagte er, als er das Büro aufmachte.

„Dann schauen wir uns diesen Schneider etwas genauer an. Vorliegen wird gegen ihn nichts."

„Du meinst, weil er bei einer Sicherheitsfirma arbeitet? Die überprüfen den nur bei der Einstellung. Vor allem müssen wir uns durch die Akten wühlen. Gibt es Verbindungen zu den Opfern, taucht sein Name irgendwo auf?"

„Bislang ist mir nichts aufgefallen, es gab zu keinem Namen Besonderheiten."

„Außer zu Thomas Wendtner. Wir müssen alles noch einmal durchgehen, und das verdammt schnell. Fangen wir mit Merzen an."

Nachdem Lars mit der Mitarbeiterin im Rathaus gesprochen hatte, rief er bei der Sicherheitsfirma an.

„Daniel Schneider, dreißig Jahre alt, alleinstehend, wohnt in Wermingsen, Bertha-von-Suttner-Straße 33. Arbeitet seit einem Jahr bei der Firma, im Personen- und Werksschutz. Seinen Lebenslauf und die anderen Daten bekommen wir gleich per Mail, ist ein Bio-Deutscher."

„Schreckliche Bezeichnung, klingt wie Arier. Verdammt, wir haben keine Zeit", fluchte Sabrina, „der soll sich beeilen. Was haben wir noch an Material?"

„Ich hole die Kiste aus der Asservatenkammer", sagte Lars und ging los. Sabrina hielt ihm die Tür auf, als er mit einem großen braunen Pappkarton in den Armen zurückkam und ihn auf seinen Schreibtisch stellte. „Die Computer lassen wir außen vor, das dauert zu lange, lass uns die analoge Hardware durchsehen, Terminkalender, Notizblöcke und Notizen."

„Gut, ich fange mit den Unterlagen von dem Pfarrer an, das ist überschaubar."

„Alles klar, Sabrina, ich konzentriere mich auf den Merzen. Was haben wir von Mehmet Kurum?"

„Ich fürchte, nur Elektronik, nichts Schriftliches. Warte mal, hier habe ich den Tischkalender des Pfarrers." Sie blätterte zurück. „Bingo, das könnte es sein. Hier, am Tag seiner Ermordung, ein Eintrag, *D. Schneider*. Verdammt, das könnte es sein."

„Steht noch etwas dabei, ein Ort?"

„Nur die Uhrzeit, zwei Stunden vor der festgestellten Todeszeit."

„Wenn er es war, was ist in den zwei Stunden passiert? Wo hat er ihn versteckt, was hat er mit ihm gemacht in dieser Zeit? Das Rohypnol wirkt schnell, getötet hat er ihn, ohne leiden zu lassen."

„Wenn er im Terminkalender steht, hat er ihn vielleicht getroffen und mit ihm gesprochen, persönlich. Das werden wir vielleicht gleich wissen, ich rufe im *Forsthaus Löhen* an. Möglich, dass sie sich dort getroffen haben, ganz in der Nähe des Fundortes." Sabrina griff zum Telefon und sprach wenige Minuten mit einem Mann, während Lars weiter in den Unterlagen der Firma Merzen suchte.

„Bingo, der Pfarrer war an seinem Todestag dort, mit einem jungen Mann, etwa dreißig Jahre alt, kräftige Figur, sehr kurze schwarze Haare und ebenfalls kurzer Vollbart, legere Kleidung. Er konnte sich so gut an die beiden erinnern, weil Pfarrer nun mal selten bei ihm zu Gast sind, zumindest in ihrer Berufskleidung. Außerdem wirkten die beiden so gegensätzlich, wie er sagte."

„Verdammte Scheiße!" Lars schlug mit der flachen Hand auf die Unterlagen.

„Was ist los?", fragte Sabrina erschrocken, „Warum dieser Ausbruch?"

„Weil wir ihn hätten haben können, deshalb. Dieser Schneider steht in der Personalliste der Firma Merzen, hier, er hat bis vor einem guten Jahr als Lagerhelfer dort gearbeitet, dann wurde er entlassen. Wir hätten ihn haben können, Sabrina, wir haben versagt."

„Nein, das haben wir nicht", entschied sie resolut, „uns ist der Zufall zu Hilfe gekommen, das ist alles. Schau mal auf die Personalliste oder auf den Tischkalender des Pfarrers, wie viele Namen stehen da drauf? Wie konnten wir die alle überprüfen? Selbst wenn uns Kollegen hätten helfen können, das hätten wir zeitlich nicht geschafft, ganz sicher."

Lars schnaufte kurz, er wusste, dass sie recht hatte. „Und jetzt?"

„Ich weiß, was du meinst, Lars. Mit diesen Indizien bekommen wir niemals einen Haftbefehl, und wir müssen schnell handeln."

„Der Staatsanwalt macht uns einen Kopf kürzer, wenn er erfährt, dass noch dazu unser bisheriger Hauptverdächtiger den Lockvogel spielt."

„Was machen wir jetzt?"

Lars stand auf. „Wir fahren los."

Lisa hatte jedes Gefühl für Zeit verloren. Durch die Stoffmaske, die sie trug, konnte sie das Licht nur schemenhaft sehen. Mittlerweile musste es Abend oder Nacht sein, es war fast vollständig dunkel. Wie lange war sie schon hier? Ihre gefesselten Hände hinderten sie daran, die Maske auch nur einen Teil zu lüften, um sehen zu können. Ihre Hände und die Drohung, dass er Hanna wehtun würde. Wo war sie? Es roch muffig in diesem Raum, und es war still. So still, dass sie unmöglich in einer Stadt sein konnte. So sehr sie auch lauschte, kein Hintergrundgeräusch erreichte sie, nur das Rauschen der Bäume und der Gesang der Vögel, die jetzt auch schwiegen. Bis auf das Käuzchen, das ab und an rief. Ihre Hütte musste klein sein, weil sie den Schall verschluckte und sie nur wenige Meter gehen, sich vortasten konnte. Wie viele Stunden hatte sie mit diesem Mann, der sich Oda nannte, verbracht? Sie hatten gesprochen, viel gesprochen. Nach einem langen Schweigen und ihren ängstlichen Fragen. Ja, Angst. Sie war sicher, es war Angst, die Oda trieb, die der Grund für sein Handeln war. Angst, die so groß war, dass er ihr Leben bedrohte und das von Thomas. Was wollte er von ihm? Das war die einzige Frage, auf die sie von Oda keine Antwort bekommen hatte.

„Verdammt, warum bewegt sich das Signal nicht? Wir sitzen hier seit fast einer Stunde rum und warten. Was ist mit dem Kerl?" Lars starrte auf den Bildschirm und trommelte mit den Fingern nervös auf dem Lenkrad.

„Lass uns hinfahren, weiter warten bringt nichts. Ich habe ein ganz mieses Gefühl bei der Sache."

„Hast recht, Sabrina, auf geht's." Er startete den Motor, schaltete das Licht an und fuhr los. Sie hatten sich im Stadtzentrum postiert, um möglichst flexibel reagieren zu können. Ihr Weg führte sie in den Stadtteil Grüne.

„Möglich, dass wir falsch gehandelt haben, aber es war seine Entscheidung. Er kannte das Risiko. Ich werde hier parken, wir sind in unmittelbarer Nähe." Er stellte den BMW an der Hauptstraße kurz hinter dem Supermarkt ab, dann gingen sie los, nach rechts in die Straße, die das Signal ihnen wies.

„Hier muss es sein", flüsterte Sabrina, als sie das neue Feuerwehrgebäude passierten.

„Das ist die Zufahrt zum Parkplatz des Sportplatzes", antwortete Lars leise, seine Dienstwaffe zwischen den Händen. „Es ist stockduster, ich gehe vor, warte du hier, ob jemand von der anderen Seite kommt." Ohne auf eine Antwort zu warten, ging er los, die Waffe mit beiden Armen nach vorn gestreckt. Sabrina blieb gespannt zurück, sie sah und hörte nichts, außer ihrem Herzen, das zu rasen begonnen hatte.

„Kannst kommen."

Überrascht richtete sie sich auf und ging in Richtung seiner Stimme. Lars beleuchtete mit seinem Handy eine Stelle auf dem Asphalt. „Das sind seine Sachen", wies er mit der Waffe auf den Boden, „mitsamt dem Peilsender. Der Kerl muss nackt sein. Unser Mann ist verdammt vorsichtig."

Sabrina griff in ihre Brusttasche, ihr Handy vibrierte. „Ja?" Lars sah, wie sie die Augen schloss, als sie das Gespräch beendete. „Nimm seine Sachen, wir müssen zurück. Wir haben Besuch."

„Ich habe es getan."

Sprachlos sah Lars Renate Brucker an, die in der Tür stand. „Kommen Sie doch erst einmal herein. Was wollen Sie getan haben?" Er führte die zitternde Frau zu dem Stuhl, der zwischen seinem und Sabrinas Schreibtisch stand. Sie stand unter Stress, enormen Stress. Ohne zu fragen holte er ihr ein Glas Wasser und stellte es vor sie auf den Schreibtisch. „Geht es Ihnen gut? Ist ihr Sohn wieder aufgetaucht? Soll ich einen Arzt holen?"

Sie schüttelte stumm den Kopf. „Meinem Sohn geht es gut, er war bei einem Freund." Dann holte sie tief Lust, bevor sie weitersprach. „Ich habe Anna Merzen umgebracht. Ich habe sie erschlagen, mit dem Kerzenständer."

Sabrina und Lars sahen sich an, die Tatwaffe wurde bislang nirgendwo erwähnt.

„Frau Brucker, wann haben Sie das getan?" Sabrina sah die Frau an, sah das zucken der Mundwinkel, die Tränen in ihren Augen.

„Sie wollte uns erniedrigen, mich und meinen Sohn. Mit ihrer Arroganz und ihrem scheiß Geld."

„Erzählen Sie doch bitte der Reihe nach, Frau Brucker", schaltete sich Lars ein, „wie ist es passiert?"

„Ihre Sekretärin hatte angerufen, ich sollte zu einem Vorstellungsgespräch kommen. Ich war völlig überrascht, schließlich hatte ich mich nicht bei Merzen beworben", hob sie hilflos die Hände. „Zuerst sagte sie, dass ich in die Firma kommen sollte, kurze Zeit später rief sie noch einmal an, Frau Merzen wollte mich in ihrem Haus empfangen. Ich war völlig baff, was sollte das, warum lud mich diese stinkreiche Unternehmens-Chefin in ihr Haus ein? Mich, eine Montiererin und Putzfrau und Geliebte ihres Mannes? Klar war es wegen meines Sohnes, das hatte ich schon geahnt, aber was sollte das? Das hat sie mir dann gesagt", schnaubte sie wütend, verächtlich. „Ich sollte einen Wisch unterschreiben, in dem stand, dass ich dafür sorgen würde, dass mein Sohn niemals wieder versuchen würde, als Sohn von Friedhelm Merzen anerkannt zu werden. Dafür warf sie mir ein Bündel Geld auf den Tisch und einen befristeten Arbeitsvertrag. Wissen Sie", sah sie Sabrina wütend an, „es gibt Leute, die gehen aufs Klo, während du daneben sauber machst, aber das war nicht so demütigend wie das, was die gemacht hat. Diese Kälte, diese Arroganz, ich bin einfach durchgedreht. Da habe ich diesen Leuchter genommen und zugeschlagen, ja, und dann bin ich weg. Herrgott, ich wollte es nicht, und es tut mir so leid, es ist einfach so passiert", schluchzte sie, weinte hemmungslos. Sabrina reichte ihr Papiertaschentücher, die sie für solche Zwecke in der Schreibtischschublade hatte. „Mein Sohn ist sein Kind und er hat ein Recht darauf, dass das alle wissen. Wir sind kein Dreck, verdammt noch mal", schrie sie und schlug mit den Fäusten auf ihre Knie.

„Beruhigen Sie sich, Frau Brucker, beruhigen Sie sich", versuchte Lars zu beschwichtigen, „ich rufe unseren Arzt an, vielleicht kann der Ihnen etwas geben. Ich bringe Sie jetzt zu einer Kollegin." Sabrina hatte bereits mit einer Beamtin telefoniert, die die verzweifelte Frau an der Tür in Empfang nahm.

„Damit ist der Wendtner zumindest in diesem Fall von jedem Verdacht frei."

„Und in der Gewalt des Hauptverdächtigen. Was denkst du, wird der seine Zusage einhalten und seine Frau freilassen?"

„Wenn er wirklich von den Werten des Bushido geleitet wird, darf er nicht lügen und muss sein Wort halten."

„Gehört morden auch zu diesem Ehren-Kodex?"

„Gi, Aufrichtigkeit, Gerechtigkeit, Rechtlichkeit, das könnte es sein", murmelte Sabrina.

„Du meinst, dessen sich Thomas Wendtner aus der Sicht unseres Täters schuldig gemacht hat?"

„Ja, weil er als Journalist im Auftrag von Anna Merzen unrichtige Behauptungen und Thesen im Internet geschrieben hat, er in der Affäre um den Pfarrer nicht aufrichtig war und seinen Job nicht korrekt gemacht hat."

„Um für Gerechtigkeit zu sorgen? Das ist immer noch die Aufgabe der Justiz."

„Das sieht unser Mann wahrscheinlich anders. Ich hoffe, wir können ihn das fragen, bevor Thomas Wendtner auf dem Tisch der Rechtsmedizin liegt."

Lisa Wendtner stieg vor dem Präsidium aus dem Taxi, nahm dankbar das Handy des Fahrers und rief Kommissarin Sabrina Dürmer an. „Guten Abend, Frau Dürmer. Könnten Sie bitte herunterkommen und mich reinlassen? Und bringen Sie bitte zwanzig Euro mit, ich muss das Taxi bezahlen und habe kein Geld, danke." Dann legte sie auf, gab mit einem Lächeln das Handy zurück und lehnte sich an den Wagen. Kurz darauf öffnete sich die Tür unter dem Glasdach und die attraktive, aber sichtlich müde Beamtin trat aus dem Gebäude. Sie ging um den Wagen herum, reichte dem Fahrer einen Geldschein und nahm die Quittung. Als der Fahrer wendete und den Parkplatz vor dem Gebäude verließ, wendete sich Lisa der Kommissarin zu.

„Danke für ihre Hilfe, leider hat mir der Mann, der Täter, alles abgenommen, was ich bei mir hatte. Es war nicht viel, etwas Geld und mein Handy."

„Kommen Sie erst einmal mit mir herauf, sie sehen aus, als könnten sie einen Kaffee und etwas zu essen vertragen."

Im Büro sah Lars Sabrina irritiert an, als die mit der entführten Frau den Raum betrat. „Also doch", sagt er halblaut, „bitte setzen Sie sich. Ich bringe Ihnen einen Kaffee, möchten Sie etwas essen?"

„Danke nein, ich möchte sofort zur Sache kommen. Gestern am späten Nachmittag kam der Mann zu uns, er sprach zuerst mit Sarah. Dann bat er mich mitzukommen, es ginge um meinen Mann, er sei in Gefahr."

„Was zweifellos stimmte", warf Lars sarkastisch ein. „War der Mann etwa einsachtzig groß, kräftige Statur, leichter Bauchansatz, kurze schwarze Haare, ebensolcher Vollbart und um die dreißig Jahre alt?"

„Ja, so sah Oda aus."

„Oda?" Sabrina beugte sich zu der blassen Frau mit den warmen Gesichtszügen, die mit spitzen Lippen einen Schluck von dem heißen Kaffee nahm.

„So nannte er sich, später. Als wir zu seinem Auto kamen, einem blauen VW Caddy, sagte er, dass er mir die Augen verbinden und die Hände fesseln müsste, es wäre zu meinem eigenen Schutz. Ich wehrte mich natürlich, da drohte er mir, dass nicht nur Thomas etwas geschehen würde, auch Hanna sei in Gefahr. Er wusste, in welche Schule sie geht und wann, da habe ich meinen Widerstand aufgegeben. Ich musste mich in den Laderaum setzen, der keine Fenster hatte, auf eine Matratze. Dann fuhr er los, ich habe versucht, die Sekunden zu zählen, es waren zwölf Minuten, bis er anhielt."

„Hervorragend, Frau Wendtner, das haben Sie sehr gut gemacht. So können wir den Kreis eingrenzen, das erleichtert die Suche erheblich", freute sich Lars.

„Ich konnte durch die Maske fast nichts erkennen, nur Schatten. Er führte mich in einen dunklen Raum, der muffig roch. Dort setzte er mich auf einen Stuhl, er sich auf einen zweiten. Ich fragte natürlich nach meinem Mann, wie es ihm ginge, wo er sei. Er antwortete nicht. Dann fragte ich ihn, warum Thomas, was er getan habe, warum er ihn mit aller Gewalt in die Hände bekommen, was er mit ihm machen wollte. Er schwieg, ich fragte wieder, warum Thomas? Nach einer Weile sagte er nur ein Wort, Bushido. Ich verstand nicht, was er meinte, fragte nach. Er antwortete nur, der Weg des Kriegers. Sehen Sie sich als Krieger?", fragte ich. „Als Mann mit einer Mission?

Die Werte. Es sind die Werte, es ist der Verrat an ihnen, keiner hält sie in Ehren. So wie ihr Mann, ein Verräter. Er war nicht standhaft in seiner Arbeit, das war seine Antwort.

Doch, das ist er, er ist nur verunsichert, hat Angst. Wie so viele Menschen hat auch er Angst, seine Familie zu verlieren, seine Arbeit, das macht ihm Angst, habe ich geantwortet.

Aber Werte geben Halt, auch ihm. Er hätte seine Werte nicht im Auge. Dabei wurde er wütend, und ich hatte noch mehr Angst um mein Leben.

Und deshalb muss er sterben? So wie die anderen? Welche Werte hätten die verraten, wollte ich von ihm wissen.

Sie haben es verdient, alle. Die und noch viele andere, rief er. Das war das einzige Mal, dass er lauter wurde. Er machte einen erstaunlich ruhigen, gefassten Eindruck, wie jemand, der keine Angst hatte, der in sich ruhte, der sicher war, das Richtige zu tun."

„Hat er etwas von Kampfsport gesagt?", wollte Sabrina wissen.

„Nicht direkt, nur, dass er täglich trainiere. Dieses Training sei ihm sehr wichtig, es zeige ihm seinen Weg, den Do, wie er sagte."

Lars griff zum Handy und stand auf. „Ich rufe jetzt den Vorsitzenden des größten Kampfsportvereins in Iserlohn an, einen Herrn Bichler. Er leitet das Ajukate-Dojo Iserlohn, wie ich gerade im Netz gesehen habe."

„Aber es ist mitten in der Nacht", wandte Sabrina ein.

„Vielleicht ist er noch nicht im Bett, falls doch, muss er eben wieder aufstehen", lächelte er Sabrina an und verließ den Raum.

„Der Mann, der sich Oda nannte, heißt Daniel Schneider und arbeitet bei einer Sicherheitsfirma. Hat er etwas Privates erzählt, von einer Familie?"

„Nein, nichts dergleichen", schüttelte Lisa Wendtner den Kopf. „Nur, dass es im Bushido sieben Werte gibt, die überliefert werden."

„Das bedeutet, dass er neben ihrem Mann noch drei weitere Namen auf seiner Liste hat. Frau

Wendtner, fällt Ihnen noch irgendetwas ein zu ihrem Gefängnis, eine Kleinigkeit?"

„Nein, ich habe sehr gründlich überlegt, aber mehr kann ich Ihnen nicht sagen. Es muss eine kleine Hütte im Wald oder an einem Feld sein, im Umkreis von zwölf Minuten."

„Frau Wendtner, legen sich jetzt einen Moment hin, Sie brauchen Ruhe. Wir haben drüben einen Raum mit einer Liege, kommen Sie."

Noch im Aufstehen hielt Lisa Wendtner den Ärmel von Sabrina fest. „Was werden Sie jetzt unternehmen, um Thomas zu finden? Was können Sie machen?"

„Vielleicht kann uns jemand von der Kreisjägerschaft weiterhelfen. Einer, der die Jagdhütten und andere Unterkünfte auf dem Land kennt. Natürlich schreiben wir Daniel Schneider zur Fahndung aus, vielleicht ist er irgendwo gesehen worden. Wir werden mit seinen Eltern und seinen Freunden sprechen, jetzt gleich noch. Hat er einen Hinweis gegeben, wie ...", stockte Sabrina, als sie das angsterfüllte Gesicht der Frau sah.

„Sie meinen, wie er ihn töten will? Nein, das weiß ich nicht, das hat er nicht gesagt. Und ich will es auch nicht wissen."

„Ein zwanghafter Mensch." Lars wartete, bis Lisa Wendtner den Raum verlassen hatte.

„Hast du mit dem Vorsitzenden dieses Vereins gesprochen?"

„Ja, er hat zwar gestaunt, dass jemand mitten in der Nacht anruft, war aber hellwach. Und wusste viel zu erzählen über Daniel Schneider. Er scheint eine Art väterlicher Freund für ihn zu sein, ein Vertrauter. Bis auf Sonntag trainiert er jeden Tag im Dojo, zu den immer gleichen Zeiten, keine Abweichung. Manche schütteln über ihn den Kopf, für andere sei er wegen seiner Disziplin ein Vorbild, so dieser Bichler. Genauso eisern verteidigt er die traditionellen Werte des Bushido wie Treue, Höflichkeit und Aufrichtigkeit. Nicht etwa in einer modernen Variante, nein, in der traditionellen aus dem japanischen Mittelalter. Aus dieser Zeit stammt auch der Name, den er sich zugelegt hat, Oda Nobunaga, ein berühmter Samurai. Oda Nobunaga gilt als einer der angesehensten Krieger und charismatischster Anführer der japanischen Geschichte. Im Jahre 1560 tötete er Yoshimoto Imagawa, der versuchte, die Stadt Kyoto einzunehmen, und legte den Grundstein für die Vereinigung Japans. Auch war er der erste, der Feuerwaffen für das Kämpfen in Schlachten einführte. Er starb, weil sein eigener General, Akechi Mitsuhide, ihn betrog und ein Feuer in dem Tempel legte, in dem sich Oda Nobunaga aufhielt. Dieser bemerkte das Feuer und erkannte, dass es kein Entrinnen gab und beging daraufhin Selbstmord, da er den für einen ehrenhafteren Tod befand."

„Und das wusste der Mann auswendig?", staunte Sabrina.

„Der Schneider ist den Leuten mit dieser Geschichte wohl mächtig auf die Nerven gegangen, immer wieder. Ich habe dem Bichler nicht gesagt, warum wir nach ihm suchen, er schien sich Sorgen zu machen. Kommt wohl aus keiner guten Familie, die Mutter soll viel getrunken haben, wie er ihm einmal verriet. Wie so viele andere suchte er nach Anerkennung und Orientierung."

„Und wie so viele andere überzieht er diese Suche, klammert sich krampfhaft an dem fest, was er für das Ziel hält."

Lars spürte, dass der Mann Sabrina ein wenig leidtat. „Die Fahndung nach ihm und seinem Wagen läuft, Kennzeichen ist bekannt. Wir nehmen jetzt seine Wohnung unter die Lupe, Grüner Weg 66. Vielleicht finden wir dort einen Hinweis."

Thomas versuchte, sich aufzurichten, um den Schmerz loszuwerden. Seine rechte Seite, seine Beine und sein Oberkörper taten höllisch weh, er lag seitlich auf etwas Hartem. Stöhnend stützte er sich vom Boden ab, er war kalt und lehmig. Langsam richtete er sich auf, sein Kopf explodierte fast vor Schmerzen. Er schaffte es, sich auf den Boden zu setzen, die Beine angewinkelt. Es war dunkel, er hatte keine Ahnung, wo er war, wie er hergekommen war – und schon gar nicht, was ihn erwarten würde. Er rieb sich die Handgelenke, schlang die Arme um seinen Körper, er fror und alles tat weh. Es roch muffig, ein kleiner Raum. *Ruhig, ganz ruhig, alter Freund*, zwang er sich zum Nachdenken. Bruchstücke von Erinnerungen kamen zurück, sein Schock, als der Mann ihn zwang, sich auszuziehen, ganz. Nackt stand er vor ihm, dem Mann, der ihn ruhig ansah, dessen Stimme keinerlei Gefühl verriet. Der aus einer Tüte ein T-Shirt und eine Jogginghose holte und sie ihm wortlos hinhielt. Thomas zog die Sachen an, schweigend, im Licht dieser Laterne, die den Parkplatz beleuchtete. Er erinnerte sich, wie der Mann ihm eine Getränkeflasche reichte mit den Worten „Das ist das Letzte, was du in langer Zeit trinken wirst, also trink." Es schmeckte abscheulich. Dann wies der Mann auf ein Auto, einen alten Opel, der in der Nähe stand. Ab diesem Punkt ließ ihn seine Erinnerung im Stich, es musste etwas in dem Getränk gewesen sein, das ihn betäubte. Wie sollte die Polizei ihn orten können? Der Peilsender, so klein, dass er kaum sichtbar war, war weg, sein Handy ebenfalls. Er massierte sich die Schläfen, in seinem Kopf schlug irgendetwas auf sein Gehirn ein. Thomas richtete sich auf, taumelnd und unter Schmerzen. Im Dunkeln konnte er die Umrisse eines Fensters erkennen. Er tappte dorthin, vorsichtig, aus Angst, irgendwo anzustoßen. Er lehnte sich, die Hände links und rechts von dem Fenster, an die Wand. Es war dunkel hinter der Scheibe, schwarz, kein Licht drang hindurch. Vorsichtig fuhr er mit den Fingern über die Scheibe, die keine war. Plexiglas, er drückte es nach außen, bis er nach wenigen Millimetern auf Widerstand stieß. Es musste ein Gitter sein, zum Schutz vor Einbrechern. Was sollten die hier erbeuten? Gab es etwas Lohnendes? Sehen würde er es erst, wenn es hell wurde. Wie spät mochte es sein? Wer war der Mann mit den dunklen kurzen Haaren? War er in der Nähe?

Was hatte er mit ihm vor? Wollte er ihn tatsächlich umbringen? So wie die anderen? Hätte er sonst diesen Aufwand betrieben? Wo war Lisa, wie ginge es ihr? Würde er sie tatsächlich freilassen, wie er es versprochen hatte? Nein, nicht versprochen, er hatte es geschworen, feierlich, was Thomas sehr verwundert hatte. Er schien auf seine Glaubwürdigkeit sehr viel Wert zu legen. War das eine Eigenschaft von Mördern? Er war noch nie einem begegnet. Die Tür, die er ertastet hatte, war verriegelt, von außen, keine Chance, sie zu öffnen. Er rieb sich die Hüften, wie lange hatte er dort gelegen? Zwei, drei Stunden? Oder einen ganzen Tag? Seine Augen gewöhnten sich langsam an das Dunkel, er konnte Umrisse erkennen. In einer Ecke standen ein kleiner Tisch und zwei Stühle, mehr Einrichtung hatte der Raum nicht zu bieten. *So kahl wie meine Zukunft*, dachte Thomas bitter. Er spürte, dass er schneller atmete, sein Brustkorb eingeengt war. Angst. Er hatte Todesangst.

„Unglaublich. So etwas habe ich noch nicht gesehen", flüsterte Sabrina. „Das ist tatsächlich zwanghaftes Verhalten." Sie ging durch das kleine Wohnzimmer, ein Ausstellungsraum der Samurai-Kultur, mit prachtvollen Uniformen, Helmen, Brustpanzern und Waffen, immer wieder Waffen, ordentlich in dafür geschaffenen japanischen Schwertständern abgelegt, der Länge nach. Scharfe Schwerter, welche zum Üben aus Holz, Schriftzeichen an der Wand, manche auf edlem Papier, gerahmt. Und vor allem die Wand des Wohnzimmers, die Sabrina als Planungswand bezeichnete.

„Das uns die Arbeit erheblich leichter machen könnte." Lars sah fasziniert auf die Wand mit den vielen bunten Zetteln und Verbindungen. „Der hat keine Minute damit gerechnet, dass wir ihm auf die Spur kommen."

„Du meinst, weil er alles aufgeschrieben hat? Die Namen der Opfer, die Ablageorte, das dazugehörige Datum, alles. Es ist möglich, dass er sehr sicher war. Aber wenn sein Verhalten tatsächlich zwanghaft war, konnte er gar nicht anders."

Lars legte eine Hand auf den Zettel mit dem Namen Thomas Wendtner. „Wo ist er jetzt?"

„Der Verräter wird gehängt", las Sabrina den Zettel daneben vor. „Zumindest wissen wir jetzt, wie er sterben soll."

„Was uns nicht weiterhilft. Zumindest können wir die anderen Opfer warnen, von denen wird keiner mehr sterben."

„Zumindest nicht durch die Hand von Daniel Schneider."

„A. R. 4.00, was soll das bedeuten?"

„Da diese Notiz bei Wendtner steht, nehme ich an, dass damit, wie bei den anderen Opfern, die Zeit gemeint ist, vier Uhr morgens."

„Das wäre in zwei Stunden", sah Lars übermüdet auf seine Uhr, „aber was soll A. R. bedeuten? Der Ort, an dem es geschehen soll? Welcher kann das sein?"

„Zwei haben wir draußen in der Natur gefunden, nur Mehmet Kurum in der Stadt, in der Öffentlichkeit. Schau mal, bei dem steht B. K., was wohl Bauernkirche heißt. Warum hat er ihn dort präsentiert? Weil er sich viel in der Öffentlichkeit bewegte, sie genoss?"

„Friedhelm Merzen war eine im öffentlichen Raum viel bekanntere Person, ihn hat er vergraben. Schau", zeigte Lars auf den gelben Zettel, „da steht A. W., also Asbecker Weg."

„Sogar die gleichen Farben, gelb für die Zettel mit Uhrzeit und Ort, rot für die Namen der Opfer, blau für die Todesart, bei allen sieben. Und alle sind Männer."

„Sabrina, schnell, was fällt dir zu A. R. ein? Wir haben nicht mehr viel Zeit bis zur nächsten Leiche." Flehentlich sah er seine Kollegin und Geliebte an.

„Die Kinderkirmes."

„Die Kinderkirmes? Ich verstehe nicht, was hat die damit zu tun, was willst du mir sagen?"

„Auf dem Alten Rathausplatz, A. R., das meine ich damit, das fällt mir spontan zu den beiden Buchstaben ein."

„Verdammt, das würde passen, ja, der Alte Rathausplatz, dort will er ihn präsentieren. Hast du noch eine Alternative, einen anderen Ort, der zu beiden Buchstaben passen würde?"

„Nein, habe ich nicht, aber der Ort würde zu dem Opfer passen, zu seinem Beruf. Ein Journalist, der die Öffentlichkeit informieren soll, ihr verpflichtet ist."

„Sabrina, ich rufe die KTU an, die sollen hier alles sichern und dokumentieren. Wir fahren los, legen uns auf die Lauer. Ich bin sicher, heute Nacht kriegen wir das Schwein."

„Was ist, wenn wir uns irren? Wenn nicht der Alte Rathausplatz gemeint ist?"

„Dann darf niemand davon erfahren."

„Lars, du weißt, dass das nicht funktioniert. Ist dir schon etwas aufgefallen?"

„Nein", flüsterte der, „mir schlafen nur bald die Beine ein." Sie hockten an der Ecke zur Apotheke an der Wermingser Straße. Sabrina sah sich häufig um, ob jemand sie wegen ihres merkwürdigen Verhaltens beobachtete, aber die Straße war menschenleer. Nichts rührte sich, kein schlafloser Fußgänger, kein einsamer Nachtschwärmer.

„Es ist zehn vor vier, gleich müsste es so weit sein, wenn wir recht haben. Was, glaubst du, wird er machen? Wenn er ihn tatsächlich hängen will, welches der Häuser käme in Frage?"

„Die Apotheke hier", deutete Sabrina nach oben, „sie hat einen kleinen Balkon. Oder das alte Rathaus, das hätte hohe Symbolkraft. Oben die große Uhr, der Balkon darunter und unter dem das Wappen. Nur ..."

„Was, nur? Es wäre tatsächlich ideal, nach seiner kranken Vorstellung, du hast völlig recht."

„Ich meine nur, wie soll er da reinkommen?"

„Vielleicht hat er dort als Security gearbeitet und kennt den Zugang?"

„Ja, das wäre eine Möglichkeit. Dann sollte die Stadt Iserlohn ihr Sicherheitssystem überdenken. Achtung, siehst du da oben? Auf dem Balkon, da ist jemand." Sabrina zeigte im Dunkeln nach oben, zum alten Rathaus.

„Ja, da tut sich was, hast du die Lampen dabei?"

„Natürlich, wie besprochen. Sollen wir die Kollegen rufen?"

„Noch nicht. Jetzt ist es wieder ruhig."

„Nein, schau mal genau hin, da baumelt etwas. Ich glaube, das ist ein Strick, da oben kämpfen zwei." Sie richtete die Taschenlampe auf den Balkon des alten Rathauses, zwei Männer rangen miteinander.

„Ich geh rein", entschied Lars und rannte zum Haupteingang, während Sabrina das Geschehen weiter beobachtete. Einer der Männer tauchte plötzlich ab, während der andere über die Brüstung stürzte, lautlos. Auf halber Höhe blieb er an dem Seil hängen, dann klatschte er auf den Boden. Sabrina lief los, erreichte Thomas Wendtner nach wenigen Schritten. Stöhnend lag er auf der Seite, die Hände um ein Seil geklammert, Blut am Kopf. Sabrina rief einen Rettungswagen, dann berührte sie den Mann an der Schulter. „Es kommt gleich Hilfe, Herr Wendtner, nur wenige Minuten. Ich helfe Ihnen beim Aufsetzen." Er lebte, der Mörder hatte sein Ziel nicht erreicht. Hatte Lars ihn erwischen können? Der Eingangsbereich war jetzt erleuchtet, sehen konnte sie ihn nicht. Die Martinshörner des Rettungswagens hallten durch die leeren Straßen, zum Glück lag das Bethanien-Krankenhaus in unmittelbarer Nähe. Der Mann war schwer verletzt, hatte starke Schmerzen. Er stöhnte und krampfte sich zusammen. Lars kam atemlos zu ihr zurück, kniete sich neben den Mann und sagte nur „Weg. Er ist weg, keine Ahnung, durch welchen Ausgang. Der Samurai ist auf der Flucht."

Sabrina sprach nach dem Aufstehen kein Wort. Erst im Büro, als Lars ihr einen Kaffee brachte, lächelte sie ihn an und bedankte sich. Sie hatten nur drei Stunden geschlafen, nachdem sie im Sonnenaufgang auf ihrem Balkon einen Wein getrunken hatten. Nachdem Thomas Wendtner medizinisch versorgt war, hatten sie beschlossen, zu ihr zu fahren und wenige Stunden zu ruhen. Beide waren sofort eingeschlafen, die Müdigkeit und die Aufregung, die sie trotz vieler Berufsjahre immer noch spürte, waren zu viel. Sie hatten sich nicht berührt, lagen nebeneinander im Bett und waren getrennt voneinander ins Bad gegangen. Trotzdem bedeutete ihr diese kurze Nacht viel. Sie spürte eine Verbundenheit, die sie bislang nicht kannte. Auch Lars hatte nichts gesagt, aber sie fühlte, dass er ähnlich empfand. Worte hätten nur gestört.

Nach dem ersten Kaffee gingen sie zu Hanno Greimer und berichteten von der Nacht.

„Begeistert bin ich von eurem Vorgehen nicht", gestand er. „Wie ihr den Bericht formuliert ist eure Sache. Mir ist wichtig, dass der Mann gerettet wurde und wir wissen, wer der Täter ist, den kriegen wir schon."

„Ich habe vorhin im Krankenhaus angerufen, er liegt auf einer normalen Station. Einige Knochenbrüche, eine Gehirnerschütterung, aber keine inneren Verletzungen. Ein Kollege sitzt ständig vor seiner Tür."

„Warum ist es bei ihm anders gelaufen als bei den ersten drei Opfern?"

„Da können wir bislang nur spekulieren", erklärte Sabrina, „wir nehmen an, dass er entweder die Dosis Rohypnol zu niedrig angesetzt hat, das Zeug gestreckt war oder er einen anderen, ihm unbekannten Wirkstoff verwendet hat. Die Auswertung seines Computers liegt noch nicht vor, wahrscheinlich hat er sich das Mittel im Darknet besorgt."

„Ihr habt den Namen des nächsten Opfers?"

„Ja, Thorsten Brück, vierzig Jahre alt, Lehrer, alleinstehend. Laut dem Plan des Bushido-Mörders hat er seinen Tod für nächsten Donnerstag geplant."

„Also in acht Tagen", sagte Hanno Greimer nachdenklich, „aber das muss nicht mehr stimmen. Wir haben es jetzt mit einem anderen Menschen zu tun. Er hat keine Basis mehr. In seine Wohnung kann er nicht mehr, in das Dojo auch nicht. Seine festen Abläufe und Rituale sind Vergangenheit und deshalb …"

„… müssen wir damit rechnen, dass er sich auch nicht mehr an seinen Plan hält", beendete Sabrina den Satz. „Zeitlich nicht und vielleicht auch in der Abfolge nicht, Nummer fünf auf der Liste muss nicht die Nächste sein."

„Stimmt, Sabrina, aber ich habe nicht genug Leute, um auf alle anderen aufzupassen."

„Also müssen wir diesen Brück beschützen, am besten sofort. Sollen wir das übernehmen oder die uniformierten Kollegen?"

„Macht ihr das", entschied ihr Chef, „ihr kennt ihn."

„Und er kennt uns, das könnte ein Vorteil sein", pflichtete Sabrina ihm bei.

Lisa Wendtner setzte sich neben das Krankenbett, in dem ihr Mann lag. Er bekam Infusionen, unter anderem auch ein Beruhigungsmittel, wie der Arzt gesagt hatte. Sein linker Arm und sein rechter Fuß waren geschient, sein Oberkörper mit Verband umwickelt, so wie sein Kopf. Er blickte sie an, aber sie war nicht sicher, ob er sie wahrnahm. Vorsichtig legte sie ihre Hand auf seinen Arm, flüsterte seinen Namen.

Hanna wollte auch mitkommen, aber das war ihr zu viel an Aufregung für ihn. Scheinbar schien seine Rolle als mögliches Mordopfer ihn für seine Tochter wieder interessant zu machen, endlich hatte ihr Vater etwas Aufregendes. Auch dass ihre Mutter entführt worden war, fand sie cool und löcherte sie mit Fragen. Angst hatte sie auch um sie gehabt, und das glaubte Lisa ihr. Sarah hatte sie nur in den Arm genommen, nachdem sie von der Polizei zurückgebracht wurde. Lisa war ihr dankbar, dass sie Thomas keine Vorwürfe machte, wie sie es oft tat, wenn es ihr schlecht ging. Sollte sie es ihm jetzt sagen? Auch wenn er sie vielleicht gar nicht verstand? Ihm noch mehr Schmerzen zufügen? Oder war er erleichtert, wenn sie ging, endgültig?

„Ich bleibe bei Sarah, Thomas", flüsterte sie.

„Danke, ich brauche keinen Schutz, auf Wiedersehen." Die weiße Haustür schloss sich lautstark vor ihnen.

„Soll er doch verrecken!" Lars stapfte wütend zurück, Sabrina folgte ihm und fasste seinen Arm. „Komm zurück, wir müssen hierbleiben, das weißt du, ich versuche es noch einmal." Nachdem er stehengeblieben war, drehte sie sich um und schellte wieder. Die Tür öffnete sich so schnell, als hätte der Mann dahinter gewartet.

„Was wollen Sie denn noch?"

Kälte, das war es, was er ausstrahlte. Dennoch rang sich Sabrina ein Lächeln ab. „Ihr Leben schützen, das hatten wir Ihnen schon gesagt."

„Frau Dürmer, ich bin als Triathlet körperlich fit, geistig voll auf der Höhe und kann mich wehren, ich brauche keinen Schutz von zwei Menschen, denen offensichtlich nach wenigen Metern die Luft ausgeht."

„Herr Brück, es geht hier nicht um einen Wettlauf. Der Mann ist aktiver Kampfsportler und will sie umbringen. Dazu ist er fest entschlossen, dem können Sie nicht einfach davonlaufen. Und jetzt lassen Sie mich rein." Damit schob sie den großen kräftigen Athleten zur Seite und stürmte in das Wohnzimmer.

Lars lächelte, als er die Szene beobachtete, dann folgte er den beiden. Wenn Sabrina sich so durchsetzte, war sie wirklich wütend. Sie stand mitten im Wohnzimmer, einem spärlich und kühl eingerichteten Raum und hatte die Arne verschränkt. Sie brauchte noch einen Moment, um runterzukommen, Zeit, ihr diesen Moment zu verschaffen.

„Herr Brück, Daniel Schneider, der Täter, hatte zu allen Menschen, die er als Zielpersonen ausgesucht hatte, auch einen persönlichen Kontakt. Sagt Ihnen der Name etwas?"

„Nein, nie gehört. Allerdings höre ich viele Namen, da ich an einer Schule, einem Gymnasium, unterrichte. War er einer der Schüler des Stenner?"

„Nein, er hatte die Gesamtschule besucht und zuletzt als Wachmann in einer Sicherheitsfirma gearbeitet. Könnte er in dieser Funktion an ihrer Schule gewesen sein?"

Ein süffisantes Lächeln schlich sich in seine Mundwinkel, als er antwortete. „Wie Sie wissen sollten, haben wir an unseren Schulen keine amerikanischen Verhältnisse, also brauchen wir auch keine Security."

„Sind Sie sicher, dass die auch außerhalb des Regelbetriebes nicht zum Einsatz kam?"

„Ja, bis auf die Abi-Bälle, die von den Absolventen organisiert werden. Wie, sagten Sie, sieht der Mann aus?"

„Ich sagte noch gar nichts", beherrschte sich Lars, „so groß wie ich, kräftige Statur, sehr kurze schwarze Haare und ein ebensolcher Vollbart."

„Ah, jetzt fällt mir etwas ein", schloss der Mann, auf den Füßen wippend, für einen kurzen Moment die Augen und lächelte, „das war auf dem Abi-Ball im vergangenen Sommer."

„Und was ist dort letzten Sommer passiert?", wollte Lars ungeduldig wissen.

„Im vergangenen Sommer, nicht im letzten, das wäre ja schrecklich. Ich stand mit einer Gruppe junger intelligenter Menschen zusammen, wir sprachen über die vielen Jahre auf der Schule. Die, so hatte ich damals scherzhaft gesagt, waren so wichtig, damit ihr nicht so endet wie der da. Und dabei zeigte ich auf einen der Security-Männer, die dort herumstanden. Ich glaube nicht, dass der den Satz verstanden hat."

„Sie bleiben in der Wohnung, bis wir Ihnen etwas Anderes sagen, ich brauche frische Luft." *So ein Arschloch*, dachte Lars wütend und ging durch die offene Glasschiebetür auf die Terrasse. Dort holte er tief Luft und rief den Chef der Sicherheitsfirma an, einen Herrn Behlen. Bei seinem ersten Versuch gestern hatte er ihn nicht erreicht.

„Herr Behlen, Lars Krenk von der Kripo Iserlohn, ich hatte ihren Rückruf erwartet. Sie müssen einen Einsatz ihres Mitarbeiters Daniel Schneider überprüfen, und zwar geht es um den Abi-Ball des Stenner-Gymnasiums im letzten Sommer. Ja, es reicht, wenn Sie mir gleich eine Nachricht senden, ich muss wissen, ob er dabei war. Außerdem bleibt es dabei, wie ich ihrem Mitarbeiter gesagt habe, dass Sie uns unverzüglich benachrichtigen, falls Herr Schneider bei Ihnen auftaucht, danke, bis gleich."

Direkt nach Ende des Gesprächs wählte er eine andere Nummer. „Guten Morgen, Herr Bichler. Ich hoffe, Sie konnten noch schlafen, nachdem wir heute Nacht bereits gesprochen haben. Können Sie mir noch etwas über ihren Schützling erzählen, hatte er Freunde, vielleicht einen, den er schon lange kennt?"

„Wie ich schon sagte, er war eher introvertiert, sehr zurückhaltend im Umgang mit anderen. Es waren seltene Momente, in denen er sich geöffnet hat, mir gegenüber. Ein wirklicher Freund? Tut mir leid, da muss ich passen. Zu seiner Mutter hatte er schon seit Jahren keinen Kontakt mehr, sagte er, wüsste gar nicht, wo die wohnt. Seinen Vater hat er nie kennengelernt,

Daniel kannte nur sein Training und den Kult um Bushido, den er getrieben hat."

„Also im Grunde genommen ein armes Schwein", sagte Lars, „auch wenn er ein Mörder ist. Ihnen fällt also niemand ein, bei dem er untergetaucht sein könnte?"

„Er hat häufig mit Peter Hansen trainiert, der ist etwas älter, zehn Jahre, glaube ich. Der hat ebenfalls sehr viel trainiert, aber nicht ganz so verbissen, so fanatisch wie Daniel. Trotzdem einer der besten Ajukate-Kämpfer Deutschlands."

„Das wollte ich sie gestern schon gefragt haben, was ist dieses Ajukate? Nach allem, was ich in seiner Wohnung gesehen habe, eine traditionelle japanische Kampfsportart oder irre ich mich?"

„Zum großen Teil besteht es aus Elementen des Judo, Jiu-Jitsu und Karate, erweitert um eine moderne Kampfsportart, dem Anti-Terrorkampf, kurz ATK. Das ist, wenn Sie so wollen, eine sehr effektive Art des Straßenkampfes."

„Wo finde ich diesen Peter Hansen?"

„Wenn er nicht im Dojo oder auf seiner Arbeitsstelle im Straßenverkehrsamt ist, verbringt er die restliche Zeit gerne in seinem Garten. Es ist so eine Art Grabeland, in dem kleinen Park am Wiesengrund."

Lars wurde bei dem letzten Satz hellwach. „Steht in dem Garten auch eine Hütte? Groß genug, um darin zu übernachten?"

„Ich denke doch, dass die noch existiert, Peter hat gelegentlich davon erzählt, wie er vor der Hütte saß, gerillt und einige Bierchen getrunken hat. Ich nehme an, dass er dann dort übernachtet hat."

„Danke, Sie haben mir sehr geholfen." Er legte auf und sah die Nachricht, die gekommen war. Daniel Schneider war bei dem fraglichen Abi-Ball im Einsatz gewesen. Er ging zurück zu Sabrina, die immer noch im Raum stand, während der Mann, den sie beschützen sollten, es sich mit einer Zeitung und einem Tee in einem Sessel bequem gemacht hatte.

„Danke für das Wasser, das Sie uns nicht angeboten haben", raunzte er ihn an. „Sabrina, wir warten noch auf zwei Kollegen, die diesen Typen hier bewachen, dann fahren wir. Es gibt eine neue Spur."

„Was erlauben Sie sich, mich *diesen Typen* zu nennen!", regte Thorsten Brück sich auf und stand, die Fäuste in die Hüften gestemmt, direkt vor Lars.

„Dich würde ich noch ganz anders nennen, du Evolutionsschädling. Der Sicherheitsmann war Daniel Schneider, und er hat sich deine arrogante und verächtliche Bemerkung sehr gut gemerkt. Völlig zu recht, wie ich finde. Sei froh, dass ich überhaupt Leute anfordere, die dich bewachen." Damit schob er den völlig verdutzten Mann zur Seite und stürmte hinaus, Sabrina hinterher. „Wir warten noch, bis die Kollegen da sind", entschied er, nachdem er sich ins Auto gesetzt hatte.

„Was ist passiert?"

„Wir haben einen Ort, an dem er sich aufhalten könnte."

„Dann sollten wir Verstärkung anfordern."

„Machen wir, ich will nur einen Blick auf diese Hütte werfen."

„Rei", murmelte Sabrina.

„Was meinst du mit Rei? Was ist das?"

„Einer der sieben Werte. Die Einhaltung der Etikette und Höflichkeit, dagegen hat er verstoßen."

„Allerdings, das hat er. Ah, da kommen die Kollegen, los geht's." Er startete den Wagen und fuhr los, von einem schönen Haus in der Iserlohner Heide zu einem Kleingarten am Park.

Entspannt und andächtig zog er langsam das Wakizashi aus der schwarzen Ebenholz-Scheide, betrachtete es im gedämpften Licht der Hütte. Angesichts des Schwertes versank er in einer letzten Meditation. Nach wenigen Minuten fasste er den Griff mit beiden Händen und setzte die Spitze der Klinge auf seine linke Bauchseite unterhalb des Nabels. Er lächelte, weil sein Versagen dazu geführt hatte, dass sich ein Traum erfüllte.

Lars öffnete langsam die Tür der Hütte. Was ihn dort erwartete, hatte er bereits durch einen vorsichtigen Blick durch das Fenster gesehen. Als er Daniel Schneider sah, in seinem Blut auf dem Boden liegend, bekam er Mitleid mit dem Mörder. Er holte sein Handy aus der Tasche und ging zurück zu Sabrina, die den Eingang zum Garten sicherte. „Hier wird nur noch die KTU und die Gerichtsmedizin gebraucht, der Fall ist gelöst."

„Er ist tot?"

„Ja, Seppuku, er hat sich den Bauch aufgeschlitzt."

„Mein Gott, wie grausam. Was für ein einsamer Mensch."

„Du sagst es. Lass uns fahren."

Sie setzten sich ins Auto, mit dem sie auf den Fußweg bis vor das Gartentor gefahren waren. Eine junge Mutter, die ihren Kinderwagen mühsam an ihrem Dienstwagen vorbeischob, beschimpfte sie lautstark.

„Und nun?"

„Jetzt fahren wir zurück, sprechen mit Hanno und schreiben einen Bericht, wie immer."

„Ich meine, hast du schon einmal einen solchen Fall erlebt? Macht der dich nicht nachdenklich?"

„Jeder Fall macht mich nachdenklich, Sabrina. Ich frage mich ständig, was Menschen dazu bringt, anderen Gewalt anzutun, ihnen zu schaden, sie umzubringen. Vor allem dann, wenn es nicht um Geld oder Liebe ging, so wie hier."

„Ich denke schon, dass es um Liebe ging. Um nicht vorhandene Liebe und die Sehnsucht nach ihr."

„Ja, da hast du sicher recht", nickte er und sah nach vorn, „letztlich geht es doch immer nur um Geld und Liebe. Der merkwürdigste Fall, an dem ich je gearbeitet habe."

„Ja, nicht nur wegen der Serie, die er geplant und zum Teil erledigt hatte. Während der ganzen Ermittlungen haben wir nicht einmal mit dem Täter gesprochen."

„Weil wir ihn zu spät entdeckt haben. Lass uns fahren, die Kollegen sind da." Er startete den Wagen und fuhr vorsichtig den schmalen Weg hinunter, bis zum Präsidium waren es nur drei Minuten.

„Da sind wir alle noch einmal mit einem blauen Auge davongekommen." Hanno Greimer saß den beiden in seinem Büro gegenüber. „Was ihr jetzt zu tun habt, wisst ihr. Allerdings habe ich noch eine Nachricht, die euch, sagen wir mal, nicht unbedingt gefallen wird."

„Drucks nicht rum, Hanno, was ist los?"

„Sabrina, ich denke, dieser Fall hat gezeigt, dass es Zeit für eine Veränderung ist. Ich möchte andere

Teams bilden, ihr werdet zukünftig neue Partner haben."

Sabrina sah Hannos Erleichterung, nachdem er gesprochen hatte. „Aber warum, Hanno? Wir haben hervorragend harmoniert, den Fall gelöst. Warum willst du uns nach den vielen Jahren trennen?" Sie spürte, wie ihr die Tränen kamen und wurde wütend. Nein, nicht weinen, nicht jetzt.

„Nur dadurch, dass wir so lange zusammenarbeiten, uns kennen, konnten wir den Fall noch drehen, das weißt du", schaltete sich Lars ein.

„Ja, und ich weiß auch, dass es zu dieser Konzentration auf diesen Wendtner vielleicht nicht gekommen wäre, wenn ihr euch gegenseitig stärker, kritischer beobachtet hättet. Nein, der Entschluss steht, ihr werdet neue Partner bekommen." Er stand auf, das Zeichen für Lars und Sabrina, zu gehen.

Sie hatte einen guten Rotwein für diesen Abend ausgesucht. Zu feiern gab es nichts, dennoch war es ein besonderer Tag. Sicher, tröstete sie sich immer wieder, du wirst ihn sehen, fast jeden Tag im Büro, und trotzdem würde alles anders. Sie blickte über den Iserlohner Himmel Richtung Osten und wie immer gefiel ihr sehr, was sie sah. So friedlich, so sanft lag ihre Stadt vor ihr. Und doch wusste sie, dass die nächste Leiche auf sie wartete.

Ende